Elvis-kissan tarinoita

Omistettu
Sepolle ja elämäni kissoille.

Tarja Greus

Elvis-kissan tarinoita

Kustantaja: BoD – Books on Demand, Helsinki, Suomi
Valmistaja: BoD – Books on Demand, Norderstedt, Saksa
ISBN: 978-951-568-978-8

Sisällysluettelo

1. Elvis onnikkakuskina

Elvis on oululaisen kissaperheen isä. Elvis-nimi on heidän sukunsa ylpeys. Sen toi mukanaan Amerikasta vuosikymmeniä sitten Suomeen muuttanut kolli, joka oli Elviksen isoisä. Turvallisen pulskea Elvis on ollut vuosikymmeniä onnikkakuskina Mirrilän linjoilla. Hän ajaa paikallisliikenteen onnikkaa. Ratin takana istuminen on harmaannuttanut Elviksen jo syntyessä saatua harmaata turkkia entisestään. Elviksen Pella-rouva on myyjänä paikallisessa lankaliikkeessä. Elvis ei ole koskaan ymmärtänyt rouvansa viehtymystä lankoihin ja puikkojen kilistelyyn. Pella-rouva on kaunis ja ymmärtäväinen. Hän tulee aina kaikkien kanssa toimeen. Ei häntä turhaan kruunattu aikoinaan Kompromissikisan prinsessaksi.

Elvis-kissa.

Oulun ylle oli laskeutunut pakkanen. Matalalta paistava keväinen aurinko laski säteensä valkoisena hohtaville hangille. Elvis oli matkalla työpaikalleen Mirrilän linjojen onnikkatalleille. Askel oli raskas. Työ ei maistunut ja Elvistä väsytti. Mitähän ne tällä kertaa ovat keksineet? Elvis mietti pää painuksissa tassutellessaan.

Elviksestä ei ollut mukava mennä työpaikalle. Hänestä oli jo pitkään tuntunut, että työmatkat olivat parasta antia koko työssä. Työkaverit olivat keksineet hänelle vuosikausia erilaisia jäyniä. Hän ei ollut pitänyt niistä, mutta ei ollut uskaltanut puhua niistä pomolleenkaan. Elvis vilkaisi kissankelloaan. Hänellä oli vielä ihan hyvin aikaa juoda kupillinen lämmintä kahvia Mirrilän tallien kahviossa, mutta sitä ennen hän päätti käydä mutkan onnikallaan.

– Taas tätä samaa. Voi, kun pääsisi viettämään niitä oikeita kissanpäiviä, Elvis tupisi tympääntyneenä ja istahti ratin taakse.

Hän sipaisi viiksiään ja starttasi. Mitään ei tapahtunut. Miksi onnikka ei käynnistynyt? Elvis hyppäsi onnikasta ulos ja huomasi, että lämmitysjohto oli otettu irti. Hän kyllä laittoi eilen onnikkansa lämpiämään.

– Että tällainen yllätys tällä kertaa!

Elvis laittoi johdon paikalleen ja vilkaisi kelloaan.

– En kyllä pääse lähtemään mitenkään aikataulussa.

Elviksen viikset väpättivät raivosta. Taas häntä kiusattiin. Antaisivat edes työt hoitaa ja jättäisivät hänet rauhaan. Hän kipusi takaisin kylmään onnikkaan odottamaan sen lämpiämistä. Kahvioon häntä ei huvittanut mennä kuulemaan muiden ilkkumisia. Elvis ummisti hetkesi silmänsä. Aina häntä kiusattiin! Mieleen palautui jo kouluvuosina alkanut kiusaaminen. Luokan muut poikakissat vetivät häntä hännästä ja pilkkasivat. Elvikselle naurettiin, kun hän joutui lukemaan ääneen. Minkä hän sille voi, että kirjaimet ja sanat hyppivät ja pomppivat vinksin vonksin hänen silmissään. Hän ei saanut sanoista mitään tolkkua. Lukeminen oli mahdotonta. Elvis inhosi lukemista. Vähitellen opettaja jätti Elviksen rauhaan eikä luetuttanut hänellä Aapista ääneen. Kiusaaminen jatkui siitä huolimatta.

Elvis havahtui muistoistaan, jotka saivat turkkikarvat hilseilemään vieläkin. Hän vilkaisi kissankelloaan. Hänen olisi pitänyt olla jo ensimmäisellä pysäkillä. Elvis starttasi rukoillen onnikkaa. Lähde käyntiin! Helpotus, se käynnistyi. Hän sujautti aurinkolasit väsyneiden silmien peitoksi.

Elvis kaahasi onnikalla lumipenkkojen välissä. Aikaa maisemien katseluun ei ollut, koska aikatauluista piti pitää kiinni. Hän ehti niukin naukin lähes aikataulussa ensimmäiselle pysäkille.

– Tulleeko se onnikka? Etten nyt vaan myöhästyisi käpykauden aloitusjuhlasta, Osku-orava mutisi hyppiessään onnikkapysäkillä pakkasen purressa korvia.

Pian oranssina salamana syöksähtävä onnikka kaartui kylki lumipenkkaa viistäen kohden pysäkkiä. Osku viittilöi vimmatusti hännällään, jotta kuski huomaisi hänet. Jarrut kirskuivat ja onnikka pysähtyi. Onnikan ovi aukesi hitaasti. Pakkanen oli jäykistänyt sen. Elvis vilkaisi tympääntyneenä Oskua.

Luulisi oravan tarkenevan pakkasellakin juoksennella määränpäähänsä, Elvis ajatteli.

– Ei meillä voi maksaa kävyillä! Elvis huudahti pyöritellen silmiään aurinkolasien takana.

– So-so-sori, Osku vastasi hätääntyneenä, nappasi kävyt kainaloonsa ja kaivoi pussukastaan Tassu-Cardin.

Elvis painoi kaasua ja onnikka singahti liikkeelle ennen kuin Osku ehti loikata penkille. Osku pystyi pitämään tasapainonsa nipin napin harjatun ja föönätyn häntänsä avulla. Mihinkähän sillä on noin kiire? Miksi se on noin ärrin murrin? Ovatko kaikki kissat noin kiireisiä ja ärtyisiä? Osku mietti onnikan lämpimällä penkillä istuessaan. Lumipenkat pöllysivät ikkunan takana.

– Hitsin hitsi, Elvis manasi nähdessään virkaintoisen ja -pukuisen Herra Harakan viittilöivän siivellään tien varressa. – Ei kai tässä muu auta kuin pysähtyä virkavallan edessä.

– Mihinkäs sitä noin kiirus on? Herra Harakka kysyi koppalakki päälaella keikkuen ja korvia etsien. – Liitonopeutta oli aika reilusti yli sallitun. Tämä taisi olla nyt jo kolmas kerta näille lumille. Ai-jai, minun pitää ottaa sinulta Elvis liitokortti pois.

– Mutta miten minä nyt töitä teen? Eihän Mirrilän Linjat anna minun ajaa ilman liitokorttia.

– Olet vaaraksi muille liikenteessä, kun kaahailet noin. Et ehdi kissaa sanoa saatikka pysäyttää onnikkaa, jos joku pikkuinen juoksee pihalta tielle. Virkavallan edustajana minun on pakko noudattaa liitonopeuksista annettuja määräyksiä, Herra Harakka mörähti rinta kaarella siivet ylväästi selän takana.

– Taisit nyt hurruutella itsesi piitkille lomille...

Herra Harakka pyysi Oskua poistumaan onnikasta ja odottamaan seuraavaa vuoroa. Tämä ei kulkenut pitemmälle, koska Elvis menetti ajolupansa välittömästi.

– Elviksen kaahailun takia myöhästyn käpykauden avajaisjuhlasta, jossa minun pitäisi esittää bravuurinumeroni, jonka laulamista olin harjoitellut viikkoja. Kerrankin minusta otetaan kuvia ja tehdään juttu lehteemme Käpylän Sanomiin, jota lukee koko kaupunki. Kerrankin nimeni olisi jutun sisällössä eikä pelkästään toimittajana. Arttu-oravanpoikanikin saisi olla ylpeä isästään. Oli kyllä ihan oikein, että Elvis-kaaharin liitokortti otettiin pois! Tämä ei jää tähän..., Osku totesi näpytellessään käpykkäänsä.

Hän näppäsi vielä onnikasta ulos astuvasta Elviksestä kuvan, jossa Elviksen suupielet ja viiksien asento näyttivät jotenkin oudoilta. Näyttikö hän hampaita... ei mutta Elvishän hymyili!

Osku jäi odottamaan seuraavaa onnikkaa. Hän hypähteli ja koetti pysyä lämpimänä. Elviksen ajama onnikka jäi tienposkeen. Elvis lähti astelemaan onnikalta kohden Mirrilän onnikkatalleja. Hän tunsi samaan aikaan häpeää ja helpotusta. Mielessään hän ajatteli, ettei hänen tarvitse vähään aikaan kuunnella kiusaavien työkaverien naljailua ja joutua heidän konnuuksien kohteeksi. Niitä oli yhden kissan niskaan kertynyt jo liiankin kanssa. Mutta samalla hänen mieltään painoi kysymys, miten hän selittää tämän kaiken rouvalleen?

Elvis lähti astelemaan kadun reunaa pitkin. Sen molemmin puolin oli puisia pieniä koteja. Talot olivat soman punaisia ja vihreitä. Savupiipuista kiemurteli harmaa savunauha kohden sinistä taivasta. Ilman täytti vieno savun tuoksu.

Elvistä alkoi säälittää Osku. Ilmeisesti kurrella oli jokin tärkeä meno, kun oli niin pynttäytynyt astuessaan onnikkaan. Olisivathan heillä kävyt käyneet maksusta, mutta Elvistä oli tympäissyt, ja hän ei ollut niitä viitsinyt alkaa laskea. Näytti olevan vielä niitä pienimpiä männynkäpyjä. Olisi ollut edes tasasumma, kuusenkäpy. Sinne se jäi nyt odottamaan seuraavaa onnikkaa kylmissään.

– Enhän minä tahallani kaahannut, mutta kun aikataulusta täytyy pitää kiinni tai muuten tulee satikutia. Kuinkahan moni muu siellä kylmissään odottaa onnikkaa, Elvis mietti puoliääneen.

Samassa häntä vastaan ajoi vapaana oleva Koirulan taksi. Elvis heilautti tassua ja pysäytti taksin. Hän ojensi kuskille maksun, mutta jatkoi tissun tassun matkaansa.

Hetken kuluttua samainen taksi pyyhkäisi Oskun viereen ja avasi oven.

– En minä ole taksia tilannut eikä minulla ole varaakaan tällaiseen kyytiin, Osku sanoi nokanpää punaisena ja kylmissään.

– Tämä pirssi on maksettu jo. Minua pyydettiin hakemaan sinut täältä ja viemään haluamaasi paikkaan.

Osku hyppäsi mielihyvin taksin penkille ja teki olonsa mukavaksi. Taksin lämmityslaitteesta puhalsi lämmintä ilmaa kylmettyneeseen nenäpäähän.

Herra Harakka varmaan ilmoitti Mirrilän linjoille, että jouduin jäämään pakkaseen sen kelvottoman kaaharikuskin takia. Uskon, että he tilasivat ja maksoivat tämän taksin minulle. Olenhan sentään Oulun merkittävimmän lehden toimittaja. Taidan sittenkin ehtiä juhliin, Osku mietiskeli mielessään.

Elvis asteli eteenpäin. Hän vilkaisi olkansa ylitse ja näki Oskun hyppäävän taksiin. Pienoinen hyvän olon läikähdys tuntui Elviksen rinnassa. Pian hän olikin Mirrilän linjojen onnikkatalleilla. Hän käveli suoraan pomonsa puheille ja kertoi tapahtuneen, liitokortin menetyksen. Elvis ojensi onnikan avaimet pomolle.

– Sinun työurasi taisi Elvis sitten olla tässä. Saat lähipäivinä lopputilin ja lomarahat, pomo murahti läksiäisiksi.

Elvis tassutteli onnikkatalleilta. Näin se sitten päättyi Elviksen onnikkakuskinura. Olo oli kuitenkin keveä ja onnellinen, vaikka Elvis oli juuri saanut potkut. Askel tuntui leppoisammalta ja kevätaurinkokin tuntui lämmittävän turkkia. Elvis kuuli västäräkin laulelevan morsiamelleen. Kotiin ei Elviksellä ollut kiire, koska rouva lähtisi töihin vasta parin tunnin kuluttua. Tassut suuntasivat kohden Rotuaaria.

Nyt minä käyn kahavilla ja omenahyvveellä, tuumasi Elvis tyytyväisenä.

Oli kulunut kaksi viikkoa käpykauden avajaisjuhlasta. Osku oli päättänyt viedä perheensä tulipalopakkasten keskeltä Sheimaan aurinkoon. Koko perhe matkasi iloisin mielin kohti kotikaupungin lentokenttää.

Osku perheineen oli juuri selvittänyt turvatarkastuksen, kun heidän lentoaan jo kuulutettiin. Osku ja lapset kipaisivat ripeästi kohti lähtöporttia.

– Ihanaa päästä lämpimään, Osku sanoi asetellessaan häntäänsä lentokoneen penkille aurinkolasit korvien takana.

Takana olevalle penkkiriville istuutui kissapariskunta. Kissarouva tervehti Oskua ja ympärillä olevia kanssamatkustajia. Kissaherra oli hieman juromman oloinen. Jotain tuttua tuossa herrassa olikin. Ei, mutta sehän on se kaahaileva onnikkakuski Elvis, jonka otsakarvat oli suittu rasvalla taakse.

– Olipa se ihanaa Elvis-kultaseni, että työnantajasi antoi sinulle tällaisen kuukauden loman näin keskellä talvea ja pääsimme lähtemään kauan haaveilemallemme Sheimaan lomalle.

– Juu, kyllähän sitä piti anella ja olla mieliksi Mirrilän pomolle, joka kehui, että olen kuskeista nopeimpia ja lomani ansainnut.

Elviksen rouva painautui miehensä tassujen väliin tyytyväisenä kehräten. Lentoyhtiön virkapukuiset kuovit alkoivat jakaa matkustajille matkalukemiseksi Käpylän Sanomia. Oskun suupielet nykivät ja hampaiden välistä pääsi naurun tirskahduksia. Pian hänen takaa kuului kissarouvan parkaisu ja Käpylän Sanomat lennähti ilmaan. Lattialle leijaili etusivu, jossa oli Elviksen kuva ja teksti: "Onnikkakuskin törkeä liitonopeuden ylitys – potkut!"

Elvis ja Pella lentokoneessa.

2. Elvis ja joulukadun avajaiset

Taivas tipautteli suuria valkoisia lumihiutaleita. Rotuaarilla alkoi olla tungosta. Väki oli kokoontunut sinne joulukadun avajaisiin. Perheiden pienimmät juoksivat lumen peittämällä kadulla. Joulupukin näkemistä odotettiin innoissaan, mutta myös hieman peloissaan. Rotuaari oli saanut päällensä jouluvaloista kiedotun harsomaisen katon. Kadun varrella oli pieniä punaisia puisia kojuja. Yhdessä kojussa tarjoiltiin kanelin ja neilikan tuoksuista glögiä ja tietysti pipareita. Muissa kojuissa oli myytävänä käsityöläisten tekemiä kauniita joulukoristeita, sukkia, vanttuita ja ties mitä. Rotuaarin lavalla soitti partiolaisten soittokunta kauniita joululauluja. Piparkakku-ukko keinui musiikin tahdissa lavan edessä. Väkijoukon lomassa juoksenteli ruskea pitkähäntäinen kettu, joka jakoi pihlajanmarjakarkkeja lapsille.

Elvis Pella-rouvineen käveli Rotuaarilla. Rouva oli kietonut kaulaansa punaisen villahuivin. Elvis oli vetänyt rouvansa kutoman vihreän villapipon syvälle päähänsä, silmiä tuskin erotti pipon alta.

– Kylläpä se nyt pakkasen lykkäsi tähän joulukadun avajaisiin, Elvis puhisi viikset huurussa.

– Minusta täällä on niin ihanan jouluista. Tämä pakkanen ja lumisade vielä kruunaavat tämän hetken, rouva sanoi.

– Mieluummin minä olisin ollut kotona takkatulen lämmössä.

– Siellähän sinä vain istuisit päivästä toiseen. Eihän sinulla tunnu olevan muuta tekemistä. Mitäs menit kaahaamaan ja menetit korttisi, rouva sähähti Elvikselle.

Elvis veti pipoa syvemmälle päähän ja käveli nöyrästi rouvansa perässä väentungoksessa.

– Tuolla on Robomowien perhe. Mennään tervehtimään heitä, rouva sanoi ja tunki itseään kohti robotteja.

Robomowien perhe oli muuttanut kaupunkiin edellisenä keväänä. Herra Robomow oli valittu kaupungin ahkerimmaksi työntekijäksi syksyllä. Pella oli tutustunut robottiperheen rouvaan mattopäivillä, jossa rouva Robomow oli esitellyt työtaitojaan.

– Hyvää iltaa rouva Robomow. Miten olette viihtyneet uudessa kotikaupungissanne?

– Kiitos oikein mainiosti. Meillä hurisee oikein hyvin. Minulla on näin joulun alla riittänyt paljon töitä, kun moni haluaa tehdä perusteellisen joulusiivouksen. Sehän minulta onnistuu, vaikka isoimpien asuntojen imurointiin meinaa mennä koko työpäivä.

– Onpa mukava kuulla, että töitä riittää, sanoi Pella ja vilkaisi merkitsevästi miestään.

Robomowien pienet robottilapset olivat hyvin riehakkaalla päällä, pyörivät ympyrää ja pörisevät isolla äänellä.

– Olkaapas nyt vähän hiljempää, että kuulee jutella. Näistä lapsosistamme tuntuu lähtevän joskus aivan liian kova ääni. Äänenvaimennin kehittyy heille vasta vuoden ikäisenä.

– Entäpä herra Robomow, mitä sinulle kuuluu?

– Nooh, minähän olen nyt vähän niin kuin kesälomalla. Minun työnihän ovat aina kesäaikaan. Ruohonleikkuukausi kun sijoittuu sinne. Miten sinulla Elvis on aika kulunut?

– Tuota, tuota, Elvis ehti mumista, kun rouva tarrasi häntä tassusta ja lähti vetämään häntä väkijoukkoon.

– Oikein hyvää joulunodotusta! Meidän pitää nyt kiirehtiä Rotuaarin pallolle, rouva huuteli olkansa yli.

– Tulipa heille yhtäkkiä kiire.

– Mitä sinä menit kyselemään Elviksen tekemisistä. Hänhän on työttömänä, kun menetti liitokorttinsa. Etkö sinä muista? Siitähän oli juttu Käpylän Sanomissakin.

– No, muistan, mutta kait sitä voi kuitenkin kuulumisia kysyä, herra Robotti ihmetteli paikallaan pyörien.

Elvis ja Pella tapaavat Robomowien perheen joulukadulla.

Pella veti miestään perässään kohden Rotuaarin palloa ja esiintymis-lavaa. Väkeä oli joka puolella. Osa oli pysähtynyt katsomaan kauniisti lai-tettuja näyteikkunoita, joissa oli jouluinen tunnelma punaisine tonttuineen ja poroineen. Oli ahdasta ja tungosta, mutta tunnelma oli lämmin ja odot-tava.

– Mihin meillä nyt niin kiire on?

– Pois! Pois, noitten kyselyjen tieltä. Minua niin nolottaa, kun aletaan puhua sinun tekemisistäsi. Etkö sinä olisi voinut noudattaa vain liitonope-uksia ja sinulla olisi vielä työpaikka ja työkaverit eikä minun tarvitsisi hä-vetä.

Elviksen hartiat painuvat entistä alemmas. Hän huokaisi syvään ja loi katseensa maahan. Hävettihän häntäkin se lehtijuttu, mutta sehän ei ole koko totuus asiasta. Sen totuuden tiesi vain Elvis. Hän oli koettanut olla lehtijutun ilmestymisen jälkeen lähinnä kotona. Rouvalleen hän oli hyvit-tänyt tekoaan osallistumalla kotitöihin.

Elvis oli opetellut leipomaan sämpylöitä ja pullataikinan tekokin onnistui jo häneltä. Hän oli opetellut tekemään myös ruokaa. Joskus oli tullut yllät-täviä makuelämyksiä. Elvis oli tehnyt ruokia ohjeiden mukaan, mutta lu-keminen oli hänelle edelleen hyvin työlästä ja hankalaa. Desilitrat ja litrat, ykköset ja kympit olivat joskus menneet sekaisin. Tietäähän sen millaista kalasoppaa syntyy, kun lukee ohjeen siten, että keittoon tulee yhden tee-lusikallisen sijasta 10 teelusikallista suolaa. Elvis olikin alkanut käyttää omaa harkintakykyä ruokaa tehdessä. Hän oli lisännyt mausteita ensin vain hyppysellisen ja sitten maistanut ja tarvittaessa taas lisännyt maustet-ta. Näin hänen viimeaikaiset kokkailunsa olivat olleetkin jo aika onnistu-neita.

Maistelu ja omien ruokien nautiskelu oli alkanut näkyä etu- ja takatassu-jen välissä. Ruoka toi lohtua hänen surkeaan oloonsa. Elvis tiesi, että hänen pitäisi liikkua enemmän, mutta häntä hävetti mennä ulos. Siellä kun oli mahdollisuus törmätä vaikka johonkin tuttuun. Pahinta olisi törmätä enti-siin työkavereihin.

– Hyy-y-vää iltaa, hyvää iltaa, tiernapojat aloittivat laulamisen Rotuaarin lavalla.

Tungos tiivistyi lähellä lavaa. Lapset tiesivät, että tiernapoikaesityksen jälkeen lavalle tulee joulupukki. Käpylän Sanomien toimittaja Osku perheineen lähestyi lavaa.

– Pitäkää toisianne hännännokasta kiinni, ettette eksy tässä tungoksessa! Osku huuteli lapsilleen ja raivasi ensimmäisenä tietä kohden lavaa.

Jonon hännimmäisenä tuli perheen Arttu-oravanpoikanen. Joku tönäisi häntä ja ote isonveljen hännästä irtosi. Arttu kellahti kumoon. Hän nousi nopeasti ylös, mutta veljen häntä oli kadonnut. Arttu kuikuili väentungosta, jotta näkisi edes vilauksen hännästä.

– Tuolla! hän huudahti ja syöksyi kohden häntää.

Arttu nappasi hännästä kiinni ja jatkoi tyytyväisenä ja luottavaisin mielin etenemistä väentungoksessa. Vähitellen tungos alkoi hellittää ja Arttu huomasi heidän olevan torilla toripolliisin vieressä.

– Isä, miksi me tultiin tänne? Rotuaarin lavallehan meidän piti mennä joulupukkia katsomaan.

– Isä? kysyi kettu, joka kääntyi katsomaan taakseen.

Kettu katsoi ihmeissään oravanpoikasta, joka piti hänen hännästään kiinni.

Hetkeä aiemmin lähellä Rotuaarin lavaa myyntikojujen edessä.

– Eikö me jo voitaisi lähteä kotiin? Elvis aneli vaimoltaan.

– Minä haluan kuulla tuon tiernapoikaesityksen, rouva sanoi ja jatkoi kulkuaan kohden lavaa.

Elvis jäi seisomaan paikalleen. Hän huomasi Oskun, joka oli lähestymässä oikealta takaviistosta. Elvis lähti hivuttautumaan vasemmalle, mutta huomasi, että siellä oli vastassa hänen entinen työkaverikiusaajansa. Paniikki meinasi vallata Elviksen mielen. Hän pujahti kohdalla olevan myyntikojun pöydän alle. Siellä hän kyyristeli piilossa laatikoiden ja korien keskellä.

– Huh, taisin onnistua piilottamaan itseni, Elvis huokaisi pöydän alla.

Samassa hän näki pöydän alta, kun Oskun hännimmäinen lapsi kellahti nurin. Lapsi katseli ihmeissään ympärilleen ja tarrasi kohta ohi menevän ketun hännästä kiinni. Tuo parivaljakko lähti päinvastaiseen suuntaan kuin Osku ja muut lapset.

Hetken kuluttua joku hamusi myyntipöydän alta laatikoita ja huomasi Elviksen.

– Mitä sinä siellä teet? Tule nyt tänne myyntipöydän taakse avuksi. Kauppa käy vilkkaana ja minä en ehdi millään yksin hoitamaan kaikkia asiakkaita.

Elvis nousi hitaasti ympärilleen pälyillen. Hän nosti hieman pipoaan silmiltä ja tajusi olevansa myyntikojussa myyjän paikalla.

– Paljonko nämä vanttuut maksavat?

Elvis katsoi olkansa yli ja tajusi, että tuo kysymys oli tarkoitettu hänelle.

– Öö, katsotaanpa.

Elvis otti vantusparin käteensä ja löysi hintalapun. Hän kertoi hinnan kysyjälle ja kaupat syntyivät. Kohta jo seuraava asiakas ojensi hänelle maksua toisesta vantusparista. Lähtiessä asiakkaat hymyilivät ja toivottivat hyvää joulua. Hymy tarttui Elviksen viiksikarvoihin ja joulumieli alkoi vähitellen hiipiä hänen hännänpäästä aina korvatupsuihin asti.

– Anteeksi, että olen myöhässä. Juutuin tuonne väentungokseen. Voit lähteä nyt ja kiitos, että jaksoit olla apuna pidempään, joku tuntematon sanoi Elvikselle.

Elvis lähti vähin äänin hiippailemaan Rotuaarille. Mennessä hän vilkaisi taakseen. Kojussa, jonka myyjänä hän oli tovin aikaa, luki Martti-kerho.

Elvis myyntikojussa Rotuaarilla.

– No niin. Tässähän meillä on hyvä paikka. Tästä näkee joulupukin oikein hyvin. Missä Arttu on? Osku parahti kauhuissaan.

Hän tajusi, että perheen kuopus puuttui häntäketjun hänniltä. Osku alkoi pyöriä ja huudella Arttu-oravanpoikaansa. Mutta Arttua ei näkynyt eikä kuulunut. Oskun valtasi paniikki, kun hän ymmärsi, että perheen pienin, avuttomin ja erityisin oli jossakin täysin yksin oman onnensa nojassa.

Elvis seisoi Rotuaarilla kahvilan edessä lämpimästi loimottavien ulkotulien edessä. Hän huomasi Oskun hädän. Eihän hän Oskusta pitänyt, mutta hän päätti mennä kertomaan Oskulle, mitä oli nähnyt Martti-kerhon myyntipöydän alta.

– Hei Osku! Minä… Elvis huusi Oskulle.

– Minulla ei ole aikaa jutella sinun kanssasi. Minulla on pienokainen hukassa! Osku huusi Elvikselle ja säntäili edes takaisin huudellen Arttu-poikastansa.

– Niin, mutta kun minä… Elvis jatkoi.

– Etkö sinä ymmärrä, että minä en halua olla sinun kanssasi missään tekemisissä! Häivy siitä! Osku tiuskaisi Elvikselle.

Elvis jäi hämillisen näköisenä seisomaan paikalleen. Hänhän halusi vain auttaa Oskua. Elvis lähti kävelemään lumista katua pitkin kohti tiernapoikaesitystä.

– Ei, kyllä minun on kautta kissan omatuntoni tehtävä asialle jotain, Elvis mutisi. Hän kääntyi takaisin ja lähti astelemaan päättäväisesti kohti toria, koska sinne päin hän oli nähnyt Arttu-oravanpojan ja ketun menevän.

– Kuka sinä olet? kettu kysyi oravanpojalta, joka edelleen roikkui hänen hännässään.

– Mi-minä olen Arttu. Kuka sinä olet?

– No, en ainakaan isäsi. Minä olen kettu.

Artun silmät laajenivat kauhusta. Hän muisti Osku-isänsä varoitukset ketuista, jotka syövät välipaloikseen pieniä oravanpoikia. Kyyneleet kohosivat Artun silmiin ja alaleuka alkoi väpättää.

– Isä, isäää! Arttu alkoi parkua.

– Ole hiljaa, kettu sähähti Artulle ja laittoi käpälän pienokaisen suun eteen.

Artun silmäkulmista alkoi virrata kyyneliä, jotka pakkanen jäädytti pienille oravanposkille. Samaan aikaan Elvis lähestyi toripolliisia ja näki ketun sekä Artun. Elvis mietti kuumeisesti, mitä tekisi. Miten hän saisi Artun ketun käpälistä? Kettu oli häntä paljon isompi. Elvis mietti hetken ja tarttui tuumasta toimeen.

Elvis nappasi ohi kävelevältä lapselta liukurin ja lähti juoksemaan. Kun hän oli saanut sopivasti vauhtia, Elvis hyppäsi liukurin kyytiin. Mukulakivinen katu oli onneksi sen verran jäässä, että liukuri kiisi huimaa vauhtia kohden toripolliisia. Viime hetkellä Elvis käänsi liukurin kohden kettua. Huiskis haiskis kettu lennähti pyllylleen ja ote oravanpoikasesta kirposi.

– Juokse piiloon! Elvis huusi Artulle.

Arttu toimi käsketysti ja pinkaisi niin nopeaan juoksuun kuin tassuistaan pääsi. Hän juoksi kohti vieressä olevan kauppahallin ovea. Ovi avautui juuri parahiksi ja Arttu livahti ovesta sisään.

Elviksen matka jatkui liukureineen eteenpäin. Torikojun kohdalla Elvis kurvasi liukurin kojun taakse piiloon. Kettu maata retkotti ketarat ojossa toripolliisin vieressä. Hän alkoi vähitellen koota itseään ja nousi ylös.

– Mikä ihme minulta vei käpälät alta ja mihin se oravanpoikanen hävisi. No, onneksi pääsin siitä itkuiikasta eroon, kettu jupisi ja puisteli lumia turkistaan. Kun Elvis näki ketun lähtevän jatkamaan matkaansa kauppahallista poispäin, hän uskaltautui pois piilostaan. Toripolliisin viereen oli juossut lapsi, jonka liukurin Elvis nappasi.

– Hieno ja liukas liukuri sinulla, Elvis totesi ja ojensi liukurin lapselle takaisin.

Elvis suuntasi askeleensa kohti kauppahallia. Hän avasi sen ison, vanhan ja raskaan oven. Oven vieressä olevasta kahvilasta kuului iloinen puheensorina. Sieltä leijui juuri paistetun joulutortun tuoksu Elviksen viiksikarvoja pitkin sieraimiin.

Elvis pysähtyi, lipaisi viiksikarvojaan ja tarkkaili ympäristöä. Mihin Arttu-oravanpoikanen olisi voinut mennä? Hän on varmaan kovin peloissaan ja kylmissään kaiken kokemansa jälkeen. Elvis lähti sipsuttamaan käytävää pitkin kohti kauppahallin toista päätyä. Hän pälyili vuoroin oikealle ja vuoroin vasemmalle etsien Arttua. Kauppahallissa olisi ollut kaikenlaista makoisaa ja ihanaa katseltavaa, mutta Elviksellä ei nyt ollut aikaa sellaiseen. Kauppahallin toisessa päässä loisti joulunauhoin koristeltu vihreä iso joulukuusi, jonka oksille oli laitettu koristeeksi myös käpyjä. Elviksen silmät havaitsivat kuusessa jotain pientä liikettä. Elvis lähestyi varovasti kuusta ja tarkensi katsettaan kohtaan, jossa oli havainnut liikettä. Siellähän Arttu-oravanpoikanen istui kuusen oksalla kävyn takana häntä täristen.

– Arttu, pelottaako sinua? Elvis kysyi.

Arttu käänsi selkänsä Elvikselle ja laittoi tassut silmilleen.

– Arttu, ei sinun tarvitse pelätä minua. Minä haluan auttaa sinua löytämään Osku-isäsi.

Arttu käänsi päätään Elvikseen päin ja raotti tassuaan, että näki Elviksen. Tuossa kissassa oli jotain tuttua. Arttu tunnisti hänet liukurilla laskeneeksi kissaksi, joka kaatoi pahan ketun, mutta oli hänessä jotain muutakin tuttua. Nyt Arttu muisti! Hän oli nähnyt, että isällä oli kuvia tuosta kissasta käpykässään. Niissä kuvissa kissalla oli kylläkin ollut onnikkakuskin vaatteet. Tuo kissa siis on varmaankin isän kavereita.

– Oletko sinä isän kaveri? Osku kysyi.

– Noo, miten sen ottaa, mutta tunnen kyllä Osku-isäsi ja hän minut. Mentäisiinkö Arttu kaakaolle ja munkille tuohon kahvilaan?

Arttua ei tarvinnut kahdesti kysyä, kaakao ja munkit olivat hänen herkkua. Arttu hyppäsi Elviksen olkapäälle ja he lähtivät kohden kahvilaa. Tovin kuluttua Artulla ja Elviksellä oli edessään höyryävät kupit lämmintä kaakaota ja herkulliset luumutäytteiset munkit lautasella. Arttu nakersi munkin kulmaa posket pullollaan. Elvis mietti, mitä hän nyt tämän oravanpoikasen kanssa tekisi. Jos hän veisi Artun Oskulle, tämä varmaan luulisi, että Elvis oli kidnapannut poikasen. Oskuhan kuitenkin luuli aina Elviksestä pahinta. Elvis ja Arttu juttelivat välillä joulusta, jota pieni orava kovin odotti. Elvis oli jo juonut oman kaakaonsa ja syönyt munkkinsa. Hän sattui katsomaan kauppahallin ovelle, joka juuri aukeni. Herra Harakka astui sisään.

– Arttuu! Arttu! Herra Harakka huuteli.

Arttu käänsi päänsä kohden huutelijaa. Vastapäätä istuva Elvis hyppäsi tuolilta ja kipitti pois kahvilasta.

– Täällä on Arttu! Arttu huusi reippaasti Herra Harakalle.

Herra Harakka pyöritteli päätään ja kuunteli, mistä tuo huuto kuului. Vasemmalla oli matkamuistomyymälä, jossa oli esillä kaikenlaisia hienoja Oulu-aiheisia tavaroita. Tervasaippuan tuoksu leijui myymälästä käytävälle.

– Miten sinä tänne olet joutunut?

– Me juodaan kaakaota ja syödään munkkia tämän mukavan kissasedän kanssa, Arttu sanoi kääntyi kohden tuolia, jossa Elvis oli vielä vähän aikaa sitten istunut. Pöydällä oli vain sokerimuruja ja tyhjä kaakaomuki.

– Minkä kissasedän? Voi Arttu sinua ja tuota sinun mielikuvitustasi. Syöpäs se munkki loppuun ja lähdetään isäsi luo, joka on sinua jo hädissään etsinyt.

Elvis asteli takaisin kohti Rotuaaria. Kadulla oli edelleen paljon väkeä ja jouluinen tunnelma. Häntä vastaan tuli Osku, joka raahasi kiireellä lapsikatrastaan mukanaan kohden kauppahallia ja puhui samalla käpykkään.

– Löytynyt kauppahallista? Tulemme sinne heti, Osku puhui käpykkäänsä.

Elvis huomasi Pella-rouvansa hypistelevän kynttilöitä punaisella myyntikojulla.

– Joko me lähdemme kotiin? Elvis kysyi.

– Siinähän sinä olet. Missä sinä olit? Sinulta jäi näkemättä jännittävä tiernapoikaesitys kokonaan.

– Nooh, minä tässä vähän kävelin. Kyllä minulla tässä on ollut ihan nokko jännitystä.

– Mitä sinulla on tuossa huivissa? Sokeria. Taasko sinä olet käynyt munkki kaakaolla? Hyvä on, lähdetään kotiin.

Elvis ja Arttu istuvat kauppahallin kahviossa.

3. Elviksen joulumieli

Elvis tassutteli hitain askelin jouluaaton aattona pitkin Rotuaaria.

– Komeat jouluvalot ovat laittaneet meidän mirrien ja muiden iloksi, Elvis tuumaili.

Avautuvan kaupanoven raosta Rotuaarille puikahti pari joululaulun sanaa ja sävelmää. Ne jäivät pyörimään Elviksen korvien ympärille.

– Hei, tonttu-ukot hyppikää, Elvis hyräili ääneen.

Osku kääri kaulaliinaansa tiukemmalle. Hänen ajatuksissaan pyörivät lasten joululahjatoiveet. Jouluvalot ja -laulut siivittivät hänen matkaansa.

– Anteeksi! Osku kiljahti, kun hän törmäsi Elvikseen.

Elviksen kädessä olevan punaisen pussin sisältö lentää tupsahti kadulle. Villasukkia ja riemunkirjavia lankakeriä lähti pyörimään eri suuntiin pitkin Rotuaaria. Osku säntäili lankakerien perässä ja pysäytti niitä etu- ja takajaloilla sekä hännällään. Elvis sulloi sukkia ja lankakeriä takaisin pussiin.

Elvis ja Osku törmäävät Rotuaarilla.

26

– Anteeksi, kauhiasti, anteeksi! Miten minä olin niin ajatuksissa, etten huomannut ollenkaan sinua? Mutta mehän tunnemmekin! Sinähän olet se Mirrilän linjojen onnikkakuski Elvis, tai olit?

Puna kohosi Elviksen poskille ja syypäänä ei ollut ilmassa kirvelevä pikku pakkanen. Hännänpäähän asti nouseva nolo-olo valtasi Elviksen. Kuinka typerästi hän olikaan työuupuneena käyttäytynyt keväällä ja samalla saanut noloon valoon rouvansakin.

– Päivää, kröhm, päivää, Elvis sanoi kätellessään Oskua. – Kuinka pikku oravanne jakselevat? Taitaapi olla pikkuisilla joulu kovastikin mielessä, Elvis sanoi ja koetti vaihtaa puheenaihetta.

– Juu, kyllä meillä Oravankontissa joulua kovasti odotetaan. Miten rouvanne voi? Hän taitaa olla innokas käsityöihminen, kun noin paljon olette hänelle villalankoja viemässä.

– Oikein hyvin, kiitos kysymästä. Niin lankoja… joo kyllä tykkää. Minun täytyykin jatkaa tästä matkaa. Hyvää joulunodotusta Oravankonttiin, Elvis sanoi kiireesti ja hieman hämillään ja lähti harppomaan kohti rautatieasemaa.

– Kuinka pitkään yhden mirrin pitää kärsiä töppäilystään. Ja niin kuin minä olen yrittänyt hyvittää sitä itselle, rouvalle ja kaikille muillekin, Elvis pohdiskeli ääneen.

Elvis tarttui punaiseen kassiin tiukemmin ja lähti kohden rautatieasemaa. Pella-rouva oli antanut osoitteen, johon valmiit villasukat ja langat piti toimittaa. Oulun kadut olivat hänelle tuttuja. Osoite löytyi helposti. Elvis tarttui ovenripaan. Samassa hänen kissankatseensa osui ovessa lukevaan tekstiin "Martti-kerho". Tuo sama tekstihän oli lukenut joulukadun avajaisissa kojussa, jonka uumeniin hän oli yrittänyt piiloutua.

Elvis avasi oven ja astui sisään. Hänet otti vastaan joulutortun ja glögin tuoksu. Sisällä oli pöytiä, joiden ympärille oli kokoontunut väkeä. Huoneen täytti sukkapuikkojen kilkatus. Lankakeriä oli pöydällä ja pöydän alla.

– Tervetuloa! Tervetuloa Marttilaan! vanhempi kissaherra huikkasi Elvikselle.

– Tässä rouvani lähettämiä sukkia ja lankoja.

– Kiitos, kiitos! Maistuisiko joulutorttu ja glögi?

Maistuivathan ne Elvikselle. Hän istui tuolille, otti pipon pois päästä ja höllensi kaulaliinaansa. Samalla hän seurasi muiden touhuja. Villasukkia oli valmiina pinoissa pöydillä ja lisää tulossa puikkojen välissä. Tuntui hienolta katsoa, kun sukkaa pukkasi tuolta ja täältä.

– Osaisinkohan minäkin kutoa? Ja miksi en osaisi!

Elvis pyysi vanhempaa kissaherraa näyttämään, miten sukka kudottiin.

Joulunalusliikenne oli vilkasta ja virkavallan edustajana Herra Harakka seuraili rautatieaseman lähistön liikennettä ja harppoi aseman edustaa edestakaisin. Käynpä kiertämässä välillä korttelin ympäri, Herra Harakka tuumasi.

Hän oli juuri kävelemässä Marttilan ohi, kun hän vilkaisi sen ikkunasta sisään. Herra Harakan siivet alkoivat väpättää ja silmät pyöristyivät.

– Mitä ihmettä minun vanhat silmäni näkevät? Mikäs metsänväki tänne on kokoontunut?

Marttilassa istui erinäinen joukko kutojia ringissä, ja sukkapuikot kilisivät. Lankakerät pyörähtelivät kutojien lomassa pitkin lattiaa. Pöydällä oli pino valmiita villasukkia.

– Mutta, mutta, eikö tuo ole Elvis-onnikkakuski ja puikot kädessä? Enpä olisi ikinä uskonut, että hän osaa kutoa? Ja hänen vieressään näyttää olevan vanhat tuttuni vareksenveljekset Pate Niemi ja veljensä Toivo Niemi myöskin puikoissa. Onpas, onpa! Herra Harakka ihmetteli ja jatkoi korttelikierrostaan.

Illalla Osku oli lastensa kanssa Tuiran leikkipuistossa ulkoilemassa. Lapset kieppuivat ja roikkuivat oksistoissa tehden toinen toistaan hurjempia voltteja.

– Varovasti, varovasti! Osku huusi lapsilleen.

Puiston vieressä oli kotipesissään uhatuiksi tulleille eläimille turvakoti. Kolme hahmoa lähestyi turvakotia. Heillä jokaisella näytti olevan isohko pussukka kädessään. Oskun huomio kiinnittyi heihin, koska yhdessä hahmossa oli jotain tuttua.

– Ei, mutta tuohan on taas se Elvis. Onko rouva nakannut hänet juuri ennen joulua pihalle, ja Elvis joutuu hakeutumaan turvakotiin.

Osku lähti hiippailemaan kohti turvakodin ikkunaa. Hän hyppäsi ikkunalaudalle, hieraisi hännällään kuurat ikkunasta ja katsoi sisälle. Arttuoravanpoikanen seurasi isäänsä ja rimpuili myös ikkunalaudalle.

– Kröhm, millähän asialla te siellä ikkunalaudalla keikutte? Herra Harakka kysyi. Hän oli tavanomaisella iltalenkillään.

Oskun pää käännähti, ja hän viittilöi Herra Harkkaa pyrähtämään ikkunalaudalle. Pian Herra Harakka olikin Oskun ja Artun vieressä ikkunalaudalla. He tuijottivat lasin läpi sisälle. Siellä Elviksen sylissä istui pieni koiranpentu paljain tassuin. Elvis kaivoi pussukastaan punaiset villasukat ja pujotti ne koiranpennun tassuihin. Halauksien jälkeen koiranpentu hyppäsi lattialle ja viipotti pitkin lattiaa onnellisena. Elviksen viikset nousivat hymyyn.

– Tuollahan on onnikkakuski Elvis sekä veljekset Pate ja Toivo Niemi. Tänne he siis niitä sukkia kutoivat Marttilassa. Nyt minä ymmärrän! Herra Harakka totesi.

– Eivätkö he olekaan joutuneet pakosalle turvataloon? Osku kysyi. Hänen häntänsä alkoi väpättää. Herra Harakka röyhisti rintaansa, rykäisi ja alkoi kertoa.

– Ei, he kuuluvat Martti-kerhoon ja tekevät hyväntekeväisyyttä lahjoittamalla kodittomille eläimille joulun alla villasukkia.

– Isi, tuo on se mukava kissasetä, joka pelasti minut ketulta joulukadun avajaisissa ja osti minulle munkin ja kaakaon kauppahallissa, Arttu selitti tohkeissaan. Hän huiskutti lasin läpi Elvis-sedälle nenä liimautuneena kiinni ikkunalasiin. Elvis ei kuitenkaan huomannut Artun huiskutuksia, kun hän kaivoi jo pussukastaan seuraavalle pennulle sukkia.

– Tuo Elviskö sinut pelasti silloin? Siksikö hän yritti tulla juttelemaan joulukadun avajaisissa ja ajoin hänet vain pois. Minä kun pidin häntä aivan ryökäleenä ja sydämettömänä kattina. Miten väärässä olenkaan ollut, Osku sanoi ja pyyhkäisi hännänpäällään silmäkulmaansa nousseen kyyneleen.

Osku, Arttu ja Herra Harakka turvakodin ikkunalaudalla.

4. Elvis veneilee

Loivat laineet liplattivat lempeästi Elviksen Pella-veneen kylkeen. Kesäiset, lähes tuulettomat päivät olivat jatkuneet jo kolme päivää. Elvis oli aina haaveillut veneilystä. Keväällä hän oli päättänyt hankkia säästöillään oman veneen. Olihan hän säästänyt jo pitkään pahan päivän varalle. Ja tulihan se sieltä, kun tarpeeksi pitkään odotti. Elviksen mielestä Mirrilän linjojen onnikkakuskin pestin menetyksestä oli seurannut paremminkin hyvät päivät.

Elvis mietiskeli mielessään tuota sanontaa "paha päivä". Miksihän sitä sanotaankin, että säästetään pahan päivän varalle? Kuka nyt semmoista odottaa. Kyllähän sitä kannattaa tietenkin säästää. Sitten kun säästöjä käyttää, niin kyllä ne ovat olleet vain hyviä päiviä.

Elvis oli siis ostanut pitkään säästämillään rahoilla pienen mukavan moottoriveneen. Vene oli valkoinen ja kyljissä oli punaiset raidat. Ikkunoissa oli puna-valkoraidalliset verhot. Hytissä oli punaiset pehmustetut päälliset ja niillä meriaiheisia sinisiä ja valkoisia tyynyjä. Veneen perässä liehui ajomatkoilla Suomen lippu tangossaan. Veneellä oli mukava tehdä päiväretkiä Oulujärven saariin. Elvis oli nimennyt veneen Pella-rouvansa mukaan. Usein Elvis kuitenkin teki reissuja yksin, koska hän ei ollut töissä kuten rouvansa. Tällaiselle reissulle Elvis nytkin valmistautui.

Moottori hurahti ensi starttauksella käyntiin. Elvis ohjasi veneen taitavasti laituripaikasta kohden taivaansinistä ulappaa. Aluksi hän ajoi hitaasti, jotta ehti nostella lepuuttajat ylös. Lokit ja tiirat kaartelivat veneen yllä ja lentelivät turhankin läheltä Elviksen päätä. Elvis ei oikein pitänyt noista siivekkäistä. Ne pommittivat veneitä yläilmoista ja sotkivat näin niitä. Aggressiivisiksikin ne olivat äityneet viime aikoina, kun poikaset olivat alkaneet tehdä lentoharjoituksia laiturin yllä.

Sataman jälkeen Elvis nosti vauhdin muutamaa solmua isommaksi. Järvi läikehti auringon säteissä ja lähes olematon tuuli pöyhi Elviksen turkkia. Elvis lauleli Inarinjärvi-laulua hiljaa ja nautti olostaan.

– Etäällä pohjanmailla hylätty järvi on, sen saaret nimeä vailla ja ranta alaston.

Hienot laulunsanat on Topelius aikanaan rustannut, mietiskeli Elvis.

Välillä Elvis vilkaisi karttaplotteria. Hän oli tehnyt valmiiksi suunnitelman. Hän ajelisi ensin hieman ulapalla ja kaartaisi sitten Kaarresaaren laituriin narraamaan kaloja. Evästäkin Elviksellä oli mukana. Kylmälaukku hurisi ja piti ruuat viileänä. Pella-rouva oli tuonut veneelle säilyke- ja kuivamuonaa kaiken varalta. Elvis oli sitä hieman ihmetellyt, koska mukaan otettiin aina eväät ja järvestä saisi lisää. Ei kait se varamuona haittaakaan, tuumi Elvis.

Vastaan tuli muitakin veneilijöitä, ja kättä nostettiin. Näyttää niitä joutilaita olevan muitakin, ajatteli Elvis. Siellä täällä kellui valkoisia verkkokukkuja, joiden päässä lepatti yleensä musta lippu. Niiden kanssa piti olla tarkkana tai oikeastaan verkkojen. Piti etsiä verkon molemmat päät eli kukkumerkit ja kiertää verkko. Muuten saattoi veneen moottorin potkurilla rikkoa verkon ja saattoipa se jäädä siihen kiinni. Jotkut olivat laittaneet katiskoitakin lähelle rantaa. Niiden merkkinä oli usein tyhjä mehukattikanisteri. Järkevää uusiokäyttöä noille kateille, mietiskeli Elvis.

Vatsassa murahti. Nyt taitaa olla aika ajella Kaarresaareen ja paistaa ensin makkarat. Järvi oli tyyntynyt entisestään ja se oli ihan pläkä. Elvis väänsi kaasukahvasta ja ajeli plaanissa kohden saarta. Saari oli saanut nimensä siitä, että se teki bumerangin muodollaan järveen kaaren, toiselle kuperan ja toiselle koveran. Hieman ennen saarta Elvis laski nopeutta. Laituriin on aina tultava maltillisesti. Liian vauhdikas ajo aiheuttaa isot aallot eikä se ole kohteliasta muita laiturissa olijoita kohtaan. Veneet tykkäävät keinua ulapalla, mutta eivät laiturissa. Tämän Elvis oli oppinut jo heti veneilyharrastuksen alussa.

Elvis veneessä Oulujärvellä.

Kaarresaaren laiturissa näytti olevan jo yksi vene ja joku oli tullut pienellä kajakillakin saareen. Laituria lähestyessä Elvis tiputti lepuuttajat laidan yli. Ne suojelevat veneen kylkiä, kun ajetaan laituriin. Niiden suojassa Pellaveneen oli hyvä lepuutella ajomatkan päätteeksi. Hän laittoi veneen sinisillä köysillä kylkikiinnityksellä laituriin. Näin oli mukava kulkea veneeseen ja laiturille.

Kaarresaaren laituri oli mitä hienoimmalla paikalla kaarevalla kallioisella rannalla. Puinen laituri oli vankkarakenteinen ja pitkä. Siihen sopi useampikin vene. Heti laiturin lähettyvillä rannassa oli nuotiopaikka, jossa oli jo tuli. Hieman sisempänä saaressa oli myös kota, jossa voisi vaikka yöpyä. Kodan vieressä oli puuvarasto ja sen takana siisti, soma ruskea puucee. Saaressa kasvoi vehreää aluskasvillisuutta. Metsä tiheni saaren sisäosaan ja siellä kasvoi sekä koivuja että mäntyjä, osa kelottuneita. Saari oli saanut elää omaa elämäänsä omaan tahtiinsa.

Elvis otti kylmälaukusta makkarapaketin ja suuntasi nuotiopaikalle. Nuotion ääressä istui perhe – isä, äiti ja kaksi lasta. Elvis tervehti heitä. He vastasivat Elvikselle kohteliaasti. Ilmeni, että perhe oli tullut kaukaa Italiasta. He kertoivat omasta kotimaastaan ja ihailivat Suomen kaunista ja koskematonta luontoa. Myös järvien ja muiden vesistöjen runsaus oli heille ihmeellistä. Tämä saari oli heille suuri elämys. Elvis ajatteli, että olisihan se hienoa, jos joskus pääsisi käymään vaikkapa Italiassa, josta oli paljon kuullut ja lukenut, mutta haaveeksi taitaa jäädä tuollaiset matkat.

Elvis käänteli makkaroitaan tikunnokassa hiilloksen päällä. Lapset juoksentelivat pitkin rantakallioita avojaloin ja pulahtivat välillä veteen uimaan. Äiti seurasi lapsia silmä tarkkana. Isä haki veneestä jonkin vekottimen. Kohta alkoi kuulua surinaa ja pörinää ja jokin kohosi kohden taivasta. Mikä ihme tuo ääni on, ihmetteli Elvis. Pian Elvis huomasi, että äänihän kuului miehen vekottimesta. Se taisi olla sellainen drone, jota lennätetään ja jolla voi kuvata ylhäältä maisemia. Elvis ryhdisti asentoaan, että ei näyttäisi plösöltä kissalta, jos vaikka hänkin sattuisi tarttumaan dronen kuvaan.

Elvis sai paistettua ja syötyä makkaransa. Sen jälkeen hän haki veneestään ongen ja pienen vihreän jakkaran. Hän asettautui istumaan jakkaralle ja otti ongen tassujensa väliin. Perhe teki naapuriveneessä lähtöä. He irrottivat köydet ja isä käynnisti moottorin. Lapset istuivat pelastusliivit päällä veneessä ja huiskuttivat Elvikselle, kun vene matkasi kohden ulappaa.

Elvis nautti saaren rauhasta. Hän oli siellä nyt ihan itsekseen. Ei, mutta eipä tainnut ollakaan. Kenen tuo kanootti oikein on? Eihän täällä näy ketään. No, ehkäpä kanootilla tullut on lähtenyt kävelylle metsään, tuumi Elvis.

Tovin aikaa ongittuaan Elvistä alkoi ramaista. Nyt kyllä olisi aika ottaa tupluurit, kun kalatkin näyttävät olevan samoissa puuhissa, kun ei näytä nappaavan. Elvis meni veneeseensä ja asettautui hyttiin pehmeiden patjojen päälle pötkölleen. Vene keinutti Elviksen suloiseen päiväuneen.

Vene keikkui vimmatusti ja joku huusi. Kuului ihmeellistä töminää. Ikkunasta vilahteli väliin harmaata taivasta ja väliin vaahtoavaa ulappaa. Tuuli vinkui ulkona. Tähän Elvis heräsi. Hän hieraisi silmiään ja huomasi olevan jo hieman hämärää. Mikä ihme siellä huutaa ja mitä oikein tapahtuu, ihmetteli Elvis. Hän nousi nopeasti ylös ja samalla kopautti melkein päänsä hytin kattoon. Samassa hän vilkaisi ulos ja huomasi, että sää oli muuttunut. Oli alkanut tuulla ja harmaat pilvet olivat peittäneet sinisen taivaan.

Elvis pisti päänsä ulos hytistä ja näki ihmeellisen näyn rantavedessä. Kanootti oli kumollaan ja sen alta vilahteli puolin ja toisin jotain oranssia ja kirkkaan vihreää. Oliko se salama vai mikä ihme? Elvis hyppäsi laiturille ja kipaisi rannalle kanootin lähelle. Nyt hän näki tarkemmin tuon oranssin ilmestyksen. Sehän oli pieni, vihreä, sammakko, jolla oli päällään oranssi sammakkopuku.
  – Mitä ihmettä sinä teet? Elvis kysyi sammakolta.
  – Minä yritän kääntää tätä kanoottia, sammakko puhisi ja luiskahteli

kanootin alitse ja ylitse. Välillä vilahteli pinnalla pää, välillä räpylä.

Tuuli yltyi koko ajan ja ulapalla näkyi jo vaahtopäitä. Sää oli muuttunut täysin Elviksen päiväunien aikana. Lämpötilakin oli laskenut huomattavasti.

– Minun pitää saada tämä käännettyä, että pääsen mantereelle ennen pimeää, sammakko kurnutti suu puoleksi täynnä järvivettä.

– Ethän sinä voi tällaisessa tuulessa lähteä melomaan ulapan yli mantereelle! Elvis huusi.

– Pakko, minun on nälkä ja minun pitää päästä ruokapolulleni syömään. Ja minulle on sanottu, ettei tänne saareen saa jäädä yöksi. Se on liian vaarallista.

– Ruokapolulle, vaarallista... voi hyvä tavaton, Elvis tupisi ja tarrasi jostakin sammakon pinnalla vilahtavasta raajasta kiinni ja veti hänet rantakalliolle.

– Sinä istut nyt siinä ja minä vedän kanoottisi maihin.

Elvis kahlasi rantaveteen ja koppasi kanootin kainaloon. Läpimärkä sammakko hytisi kalliolla.

– Nyt menemme kotaan ja teemme tulet, jotta sinut saadaan kuivaksi ja lämpimäksi, Elvis sanoi päättäväisesti.

Parivaljakko lähti peräkanaa kohden kotaa. Sammakko räpisteli räpylöitään matkalla. Elvis asetteli kodassa olevat kuivat halkopuut tulisijalle ja sytytti nuotion. Kohta kodassa paloikin roihuava tuli, joka toi pehmeää lämpöä.

– Grr- grr, sammakko kurrasi.

– Minä olen Elvis. Mikä sinun nimesi on?

– Siiri. Siiri-sammakko ja kuulun vihersammakoiden sukuun. Katso vaikka, Siiri sanoi ja pullisti molempia kirkkaan vihreitä poskiaan valtaviksi pallukoiksi.

– Just-just, Elvis sanoi hieman hämillään.

– Muilla sammakkosuvuilla on pussi leuan alla, mutta meillä vihersammakoilla poskissa, Siiri selitti ylpeänä.

– No, enpä ole ennen tuollaista kuullut saatika nähnyt.

– Jotkut kateelliset sanovat meitä mölysammakoiksi, kun osaamme äännellä todella taitavasti.

Elviksen ensitapaaminen Siiri-sammakon kanssa

Elvis kohensi välillä tulta nuotiossa. Mahassa murahti. Elviksen oli nälkä. Hän oli syönyt kaikki eväsmakkarat jo aiemmin eikä kalaakaan ollut tarttunut onkeen. Sitten hän muisti rouvansa varaamat säilyke- ja kuivamuonat, jotka olivat veneessä.

– Onko sinulla Siiri nälkä?

– Onhan minulla, mutta minun pitää aina ruokailla vain ruokapolulla ja sen tarjoamaa ruokaa, Siiri vastasi määrätietoisesti.

– Nyt kyllä voisi ottaa arkijärjen käyttöön ja syödä sitä mitä on tarjolla, Elvis sanoi ja lähti hakemaan ruokaa veneestä.

Elvis tuli kohta takaisin keltainen muovipussi kädessään. Siellä oli monenlaista säilyke- ja kuivamuonaa. Kota oli jo mukavasti lämmennyt. Elvis heitti muutaman klapin lisää tuleen.

– Mepä taidammekin syödä hernekeittoa ja näkkäriä, Elvis sanoi ja nosti hernekeittopurkin ja näkkileipäpaketin kassista.

– Minä en kyllä ole koskaan syönyt hernekeittoa enkä tykkää siitä, Siiri kertoi.

– Miten sinä voit sanoa, ettet tykkää hernekeitosta, jos et ole koskaan sitä maistanut. Nyt kyllä maistat ja sitten vasta voit sanoa, tykkäätkö vai et siitä, Elvis sanoi ja avasi hernekeittopurkin.

Elvis kaapi purkin sisällön pieneen kattilaan, jonka asetti nuotion yläpuolella olevan nokisen ritilän päälle. Kohta hernekeitto kiehui ja kodassa tuoksui veden kielelle tuova keitto. Elvis otti kaksi lautasta ja laittoi molempiin keittoa. Toisen hän ojensi Siirille, joka otti sen vastaan uteliaan epäröivästi.

Siiri nuuski ja käänteli hernekeittolautasta. Uteliaisuus ja nälkä taisivat viedä voiton, koskapa hän lopulta otti hieman keittoa lusikkaansa ja laittoi sen suuhunsa. Elvis seurasi sivusilmällä Siirin syömistä. Oman lautasensa hän oli jo tyhjentänyt ja ratusteli näkkileipää sekä hörppäsi päälle vettä mukista.

– Onhan tämä aika jännän makuista, Siiri mutisi ja laittoi toisen lusikallisen keittoa suuhunsa. Tovin kuluttua Siiri oli syönyt lautasensa tyhjäksi ja otti hanakasti vastaan Elviksen tarjoaman näkkileivän.

Elvis lähti hakemaan kotaan lisää puita vajasta. Ulkona oli alkanut tuulla vielä enemmän ja sadepisaroitakin tipahteli harmaista pilvistä. Elvis kasasi ison pinon puita syliinsä ja kääntyi takaisin kodalle päin. Samassa hän näki edessään jonkin valtavan hahmon! Elvis säikähti niin, että puut lennähtivät tassujen välistä maahan. Hahmo taisi säikähtää myös, koska se lähti juoksemaan metsän siimekseen. Elvis keräsi tassut täristen puut takaisin ja juoksi kotaan.

Siiri istui tyytyväisen näköisenä kodan lämmössä ja hyräili jotain laulua. Elvi kokosi itsensä ja päätti, ettei kerro Siirille hahmosta mitään, jotta tämä ei pelästyisi suotta.

– Oletko sinä Elvis kuullut, että täällä saaressa asustaa Hörköpölliäinen?

– Mikä?

– Hörköpölliäinen, jota pitää varoa varsinkin pimeällä. Isäni on kertonut minulle Hörköpölliäisestä.

– Miksi Hörköpölliäistä pitää varoa? Ja mikä se on?

– En minä tiedä, mutta sitä pitää varoa. Kait se on jotenkin vaarallinen ainakin meille sammakoille. Se on tullut jostakin kaukaa. Kukaan ei siitä tykännyt, joten se muutti tänne Kaarresaareen, koska kaikki olivat sitä mieltä, että sen olisi pitänyt mennä takaisin sinne mistä oli tullut, Hörköpölliäisten maahan. Siellä kuulemma oli hengenvaarallista, joten Hörköpölliäinen ei halunnut sinne, vaan pakeni tänne Kaarresaaren metsikköön. Siellä se kuulemma asustelee ja sitä pitää varoa.

Olisiko se ollut se Hörköpölliäinen, jonka näin puuvajassa? Miksi se on vaarallinen? Onko se ollut täällä saarella pitkäänkin ja ihan yksin? Elvis mietti.

Elvis ja Siiri juttelivat vielä tovin, mutta kohta pienen Siirin silmät alkoivat luppaista ja haukotus tarttui suupieliin.

– Minäpä haen meille veneestä makuualustat ja -pussit. Meidän kannattaa nukkua täällä kodassa, koska täällä on lämmintä ja tuuletonta.

Niin Elvis ja Siiri menivät makuupusseihinsa ja pian uni hiipi molempien silmäkulmiin. Ulkona tuuli ja tuiversi, mutta nämä kaksi nukkuivat tyytyväisinä ja vatsat täynnä. Nuotiossa roihuava tuli alkoi vähitellen muuttua hehkuvaksi hiillokseksi ja hämärsi kodan.

Elvis ja Siiri nukkuvat kodassa.

Yöllä Elvis heräsi kesken unien aavemaiseen nauruun, joka säikäytti hänet pahanpäiväisesti. Tuo on varmaan se Hörköpölliäinen. Äänihän kuuluu ihan läheltä, Elvis ajatteli kauhuissaan. Sehän kuuluu kodan sisältä! Elvis hyppäsi pystyyn ja säntäsi ulos kodasta lähimmän ison puun taakse piiloon. Sydän takoi vimmatusti ja turkkikarvat nousivat pystyyn. Kaamea ääni kuului edelleen, kun kodan ovi oli auki. Ulkona oli säkkipimeää.

– Mi-mikä, tuo ääni on? ääni kysyi Elviksen vierestä.

– Se on varmaan se Hörköpölliäinen, Elvis vastasi ja ihmetteli Siirin ääntä, joka kuulosti jotenkin todella kummalliselta.

– Mennään katsomaan, miltä se näyttää.

Niin he hiippailivat varovaisesti kohden avonaista kodan ovea. Elvis kurkkasi sisälle, mutta kodassa oli melkein yhtä pimeää kuin ulkona, koska nuotiossa ei ollut enää kuin pieni hiillos. Kaamea aavemainen nauranta kuului siitä nurkasta, johon Siiri oli asettautunut nukkumaan. Elvis raapaisi tulitikun, jotta saisi hieman valaistusta asiaan. Tulitikun valossa hän näki ihmeellisen näyn. Hänen vieressään seisoi jokin iso hahmo eikä Siiri, jolle hän oli kuvitellut puhuvansa. Siiri puolestaan nukkui makuupussissaan ja päästi tuon kauhean äänen.

– Ku-kuka sinä olet? Elvis kysyi pelokkaana.

– Minä olen saarelainen, hahmo vastasi hänelle.

– Oletko sinä se Hörköpölliäinen?

– Silläkin nimellä olen kuullut minua kutsuttavan.

– Mitä sinä nyt aioit tehdä meille? Aiotko syödä meidät? Elvis kysyi ääni vavisten.

Hörköpölliäinen katsoi ihmetellen Elvistä ja huokaisi syvään.

– En minä teitä aio syödä. Enkä tee teille mitään muutakaan ikävää. Tulin vain katsomaan, että teillä on kaikki hyvin, kun huomasin, että jäitte saareen yöksi. Ajattelin jättää kodan ovelle nämä poimimani mustikat, jotta teillä olisi aamullakin syötävää, Hörköpölliäinen sanoi tuohesta tehty mustikkarove kädessään. Hän laski sen varovasti kodan puupenkille.

Elvis puhalsi sammuvaan hiillokseen ja lisäsi sinne pari pientä puuta. Ne roihahtivat tuleen. Nyt Elvis näki tarkemmin Hörköpölliäisen nuotion valossa. Ei hän niin pelottavalta näyttänyt. Hörköpölliäinen näytti itse tuijottavan kauhuissaan Siiriä, jonka silmät olivat selkosen selällään ja posket pullistelivat makuupussin yläreunasta. Siiri oli herännyt ja katsoi kauhuissaan Hörköpölliäistä. Kaamea aavemainen nauranta onneksi lakkasi.

– Siiri, tässä on Hörköpölliäinen. Hän ei tee meille mitään pahaa. Hörköpölliäinen, tässä on Siiri-sammakko, joka on myös ihan vaaraton, vaikka kuulostaakin hyvin pelottavalta nukkuessaan, Elvis sanoi.

Siiri vetäisi päänsä makuupussin sisään ja pullistelevat posket kohottivat makuupussia.

– Tuo on minulle aika tuttua, että kaikki pelästyvät minut nähdessään. Ehkä se johtuu siitä, että olen erivärinen kuin muut, Hörköpölliäinen sanoin vaimeasti ja lähti astelemaan kodasta kohden metsää. On tämäkin tilanne, kun Hörköpölliäinen pelkää Siiriä ja Siiri Hörköpölliäistä, Elvis pähkäili mielessään.

– Odota Hörköpölliäinen! Tule takaisin! Elvis huusi Hörköpölliäisen perään.

Hörköpölliäinen jatkoi matkaansa kohden tiheää metsää, mutta kääntyi kuitenkin katsomaan taakseen. Elvis hymyili hänelle ja viittoi tulemaan rantakalliolle.

Aamuaurinko alkoi nousta järven selän takaa. Tuuli oli lähes tyyntynyt. Elvis ja Hörköpölliäinen istuivat rantakalliolle vieretysten. Siiri oli tullut kuikuilemaan kodan ovelle, jotta kuulisi, mistä he puhuvat. Hörköpölliäinen kertoi oman tarinansa. Hän oli tullut Suomeen kaukaa maailman toiselta laidalta, koska omassa kotimaassa oli hengenvaarallista olla. Toiveikkaana hän oli tullut Suomeen, mutta hän oli huomannut aika pian, että hänestä ei pidetty eikä hän kokenut olleensa tervetullut. Siksi hän oli päättänyt paeta saareen, jossa sai olla rauhassa ja turvassa. Tietysti hän kaipasi välillä juttuseuraa ja mielellään kuuntelikin saaressa kävijöiden puheita. Joku oli joskus nähnyt hänet vilaukselta. Siitä oli sitten lähtenyt kiirimään juttua Kaarresaaren Hörköpölliäisestä.

Siirikin oli uskaltautunut rantakalliolle Elviksen viereen. Kolmikko jutusteli pitkään ja varsinkin Siiri intoutui kertomaan suvustaan, joka myös oli kokenut vähän samankaltaisen kohtalon kuin Hörköpölliäinen. Hänen isoisä oli joutunut lähtemään idästä evakoksi Oulujärven rantamille. Elvis istui välillä pitkät tovit ja kuunteli Siirin ja Hörköpölliäisen keskustelua. Lopuksi vielä keiteltiin rannan nuotiopaikalla aamukahvit näkkärin kera. Jälkiruuaksi popsittiin Hörköpölliäisen tuomia mustikoita suut sinisenä.

Juttua olisi riittänyt kaikilla vielä vaikka kuinka pitkään, mutta Elviksen ja Siirin piti palata pitkäksi venähtäneeltä saarireissulta jo mantereelle. Muuten heitä lähdettäisiin kohta etsimään. Siiri asettautui kanoottiinsa ja lähti melomaan hyräillen kohden mannerta. Elvis starttasi moottorin ja teki lähtömaneerit taidokkaasti. Hörköpölliäinen huiskutti Elvikselle ja Siirille. Ulapalta lähestyi purjevene kohden Kaarresaaren laituria. Sen nähdessään Hörköpölliäinen lähti juoksemaan kohti metsää.

Elvis ajeli hiljaisella vauhdilla kohden kotisatamaa. Tästä matkasta riittäisi muisteltavaa pitkäksi aikaa. Häntä hieman suretti, että Hörköpölliäinen joutui olemaan ihan yksin saaressa muiden typerien ennakkoluulojen vuoksi. Hän ymmärsi hyvin, että Hörköpölliäinen ei halunnut enää mantereelle, vaikka Elvis oli tarjonnut hänelle kyytiäkin. Kaarresaaresta tuli tämän venereissun myötä Elvikselle erityinen paikka, jonne hän mielellään veneili yksin.

Elvis, Hörköpölliäinen ja Siiri istuvat rantakalliolla.

5. Elvis Materassa

Matka

– Huh, kylläpä täällä onkin helle!

Elvis puuskutti astuessaan lentoasemalla minibussiin.

Elvis oli valittu edustamaan Oulun Martti-kerhoa Italian Martti-kerhojen kesätapaamiseen, joka järjestettiin tänä vuonna Etelä-Italiassa Matera-nimisessä kaupungissa. Hänen kutomansa villasukat olivat ilahduttaneet niin monia kodittomia tassuja, että martit olivat yksimielisesti päättäneet valita Elviksen edustajakseen tapaamiseen. Elvis oli uutena marttina osoittanut aitoa marttiutta toiminnallaan. Italian martit halusivat myös opetella kutomaan sukkia ja lahjoittaa ne Italian kodittomille kissoille.

Kuljettaja tervehti Elvistä iloisesti. Bussi kaarteli kapeaa tietä pitkin Etelä-Italian maaseutua. Töyssyjä oli siellä täällä. Kuski ei edes viitsinyt väistellä niitä. Oliivipuita kasvoi silmänkantamattomiin. Tietä reunustivat villinä kasvavat kaktukset.

– Etelä-Italia on hyvin karua ja kuivaa varsinkin näin kesähelteellä. Kaikenlaisiin paikkoihin Martti-kerhossa joutuukin – kait sitä pitäisi ajatella, että pääsee. Onnikatkin täällä ovat tällaisia pieniä. Toisaalta ihan järkevää, kun meitä matkustajiakaan ei ole enempää kuin istumapaikkoja. Mitä sitä puolityhjällä onnikalla huristelemaan, Elvis tuumaili puoliääneen istuessaan mukavalla penkillä.

Minibussi kaarsi Materan kauniin viininpunaisen asemarakennuksen eteen. Matkustajat purkautuivat ulos. Elvis pyyhkäisi hikeä korviensa välistä, asetti aurinkolasit silmilleen ja asteli ulos bussista. Paikallisen Martti-yhdistyksen edustaja Alberto odotti aseman edustalla Elvis-kyltti tassujensa välissä. He paiskasivat tassuja suomalais-italialaiseen tyyliin.

– Ciao! Miten matka sujui? Alberto kyseli heidän astellessaan kohden Elviksen majapaikkaa.

Onneksi aurinko alkoi vähitellen laskea ja kuumuus hellittää. Elviksen pää pyörähteli puolelta toiselle ikiaikaisen vanhaa italialaista kaupunkia katsellessa. Kaikki talot näyttivät hirvittävän vanhoilta. Kadut olivat oikeastaan kujia, jotka puikkelehtivat talojen välistä muuttuen aina välillä portaiksi ylös- tai alaspäin.

– Autolla ei näille kujille ole asiaa. Siksi täällä on niin miellyttävän rauhallista ja hiljaista, Elvis puheli.

Samassa maatuntuma katosi tassujen alta ja Elvis oli kaatua tupsahtaa. Hän sai juuri ja juuri pidettyä tasapainonsa sekä arvokkuutensa häntänsä ja kuin tyhjästä ilmestyneen tassun avulla. Tuo tassu oli italialaisen kissaneidon, jolla oli päässään isolierinen hattu. Olisihan se ollut noloa kaatua rähmälleen keskellä katua.

– Oi, unohdin varoittaa näistä kaduista, jotka ovat ikivanhoja. Katukivet ovat hioutuneet sileiksi ja portaiden reunimmaisten kivien syrjät ovat pyöristyneet, Alberto kertoi Elviksen heilahdellessa kuin salsatanssija.

Elvis nosti aurinkolasejaan ja huomasi, että katukivet olivat tosiaan hioutuneet sileän pyöriksi ja kimaltelivat laskevan auringon säteissä.

– Enpä ole moisia katukiviä nähnyt. Meillä Oulussa on mukulakivikatuja, mutta ne hioutunevat kait vasta satojen vuosien päästä vastaavanlaisiksi. Talvella jääpeitteessä ne ovat yhtä liukkaita. Mihin se kissaneito, joka ojensi auttavan tassunsa, jo ehti hävitä? En edes ehtinyt kiittää häntä.

Elvis tassuttelee Materan kadulla.

Majatalo

Hetken kuluttua Elvis ja Alberto saapuivat majataloon. Majatalo nimeltään San Giorgio sijaitsi Materan vanhimmassa kaupunginosassa, jota kutsuttiin Sassiksi. Majatalossa oli ulospäin vähän kattoa ja yksi seinä, joka oli kalliossa. Näky oli Elvikselle todella erikoinen. Suomessa taloissa oli selkeästi neljä seinää ja katto.

– Kovin pieni taitaa olla tämä majapaikkani, Elvis mietiskeli.

Majatalon edustalle oli laitettu kauniita kukka-asetelmia. Elvis ja Alberto astuivat sisälle aulaan, joka oli louhittu kallioon, kuten majatalon huoneetkin.

– Ooh! Onpas tämä valtavan iso sisältä, ja kuinka korkeat huoneet, Elvis ihasteli majatalon aulaa.

Alberto kertoi, että Sassissa on Italian vanhimmat asunnot. Jo ammoisina aikoina ihmiset olivat tehneet talonsa huokoiseen kallioon. Taloja kutsuttiin luolataloiksi. Ne näyttivät ulkoapäin pieniltä, mutta asunnot jatkuivat kallion sisässä vaikka kuinka pitkälle. Huonekorkeus saattoi olla viisi metriä, joskus jopa enemmän. Asunnot pysyivät kallion sisällä talvella lämpiminä ja kesällä kuumuus ei päässyt niihin.

– Nerokasta arkkitehtuuria ja hyvin kaunista.

– Asettaudu taloksi. Tulen noutamaan sinut tunnin kuluttua päivälliselle.

Majatalon Eurosia-emäntä ojensi Elvikselle avaimen. Hän kertoi huoneen olevan toisessa kerroksessa viimeisenä käytävän päässä.

Ilta

Tunnin kuluttua Elvis tassutteli majatalon aulaan ja istui aulan pehmeään nojatuoliin. Albertoa ei vielä näkynyt. Hetken kuluttua Eurosia kiirehti hänen luokseen ja kysyi, haluaisiko hän jotain juotavaa. Elvis kertoi odottavansa Albertoa, jonka olisi pitänyt olla jo kymmenen minuuttia sitten paikalla, kuten oli sovittu. Eurosia naurahti ja kertoi, että tapaamisajat eivät Italiassa ihan pidä paikkaansa. Yleensä niistä myöhästytään puolisen tuntia. Suomalaisen kissan korvissa tämä kuulosti kummalliselta. Miksei sitten sovita puolta tuntia myöhempää aikaa, jos siitä sovitusta ajasta myöhästytään puoli tuntia. Toisaalta, jos tämän tietää, niin eihän se haittaa, kun tietää tulla itsekin puoli tuntia myöhässä.

Lopulta Alberto tuli, puoli tuntia myöhässä sovitusta ajasta. He astuivat pimentyneeseen iltaan. Lempeä tuuli pöyhi heidän turkkejaan.

– Onpas mukavan lämmin iltatuuli, Elvis myhäili viiksiään sivellen.

Elviksen korvan ohi suhahti joku ja kohta toiselta puolelta ja taas ja taas.

– Mitä ihmettä täällä lentää? Eiväthän linnut lennä pimeällä. Ei kait teidän kärpäset ole pikkulinnun kokoisia? Elvis kysyi kauhistuneena.

– Ne ovat täysin harmittomia lepakoita, jotka lentävät vain pimeällä. Ne ovat vähän niin kuin hiiriä, mutta niillä on siivet, joilla ne voivat lentää. Eikö Suomessa ole lepakoita?

– Olen minä kuullut lepakoista, mutta en koskaan ole nähnyt niitä.

Alberto johdatti Elviksen aukiolle, jota italialaiset kutsuvat piazzaksi. Sen reunoilla kasvoi isoja palmuja. Kaikenlaista väkeä vilisi pitkin piazzaa. Vanhemmat herraskissat olivat kokoontuneet juttelemaan piazzaa ympäröiville penkeille. Rouvia ei näkynyt. Alberto kertoi heidän olevan kotona valmistamassa kissanpennuilleen ja herroilleen päivällistä.

Elvis ja Alberto asettuivat istumaan piazzan reunalla sijaitsevan Bar Vittorio Veneton edustalla olevaan vapaaseen pöytään. Tottuneesti Alberto tilasi tarjoilijalta aperitiivit, sellaiset makoisat pienet juomat, joiden kanssa tarjoiltiin pientä naposteltavaa. Alberto kertoi niiden olevan oliiveja, jotka ovat suuri ylpeyden aihe Etelä-Italiassa. Tapana on tuoda juoman kanssa aina jotain syötävää.

Tarjoilija toi pöytään myös kahvilautasen, mutta oli näköjään unohtanut kahvikupin. Elvis otti varovaisesti tassuunsa oliivin. Olihan hänen rouvansa kotona näitä joskus yrittänyt tarjota hänelle, mutta Elvis ei ollut suostunut niitä maistamaan.

– Täällä ei kehtaa kieltäytyä maistamasta, Elvis mutisi ja työnsi oliivin suuhunsa. – Jännä maku... Krunsh! Mikä se oli?

Elvis piteli poskeaan.

– Auts! Unohdin mainita, että oliiveissa on sisällä pieni kivi, jota ei kannata purra. Kivet voi kerätä tuolle pienelle kahvilautaselle. Oi-oi! Eihän käynyt pahasti? Ei kait hammas lohjennut? Alberto kyseli huolissaan.

– Ei tässä mitään hätää. Ei lohjennut hammas, Elvis sanoi ja työnsi suuhunsa jo toisen oliivin. – Nämähän maistuvat konnan hyviltä, kun muistaa olla purematta noita kiviä. Meillä Suomessa on vähän samanlaisia syötäviä. Ne ovat väriltään kellertäviä ja niissäkin on pieniä kiviä, mutta ne voi syödä huoletta. Niitä kasvaa meillä Pohjois-Suomessa ja kutsumme niitä lakoiksi tai hilloiksi.

Elvis ja Alberto piazzan ravintolassa.

Alberton ja Elviksen matka jatkui piazzalta San Biagio -nimiseen ravintolaan.

– Kovin myöhään nämä syövät iltaruokansa, mutta maassa maan tavalla, Elvis tuumaili heidän astellessa ravintolaan.

Tarjoilijakissat toivottivat heidät iloisesti tervetulleeksi. Heille oli varattu pieni pöytä ulkoterassilta. Pöydästä avautui huikea näköala vanhaan kaupunkiin, joka laskeutui rinnettä pitkin alas laaksoon. Kuu valaisi maisemaa. Kujille ja taloihin syttyivät valot. Talojen pienet terassit oli laitettu oikein viehättäviksi. Niillä kukki valtavia pelargonioita ja petunioita. Suomalaiset saman lajin kukkaset näyttäisivät niiden rinnalla pieniltä taimilta.

– Enpä olisi uskonut koskaan näkeväni tällaista maisemaa omin silmin, Elvis huokaili katsellessaan tuota satumaista näkymää.

Samalla jostakin talosta alkoi kuulua kaunista saksofonin soittoa, joka täytti koko laakson. Pian tarjoilija toi heille alkupaloja. Niissä oli kaikenlaista pientä syötävää. Seuraavaksi nautittiin höyryävän kuumaa spagettia tomaattikastikkeessa. Ruuan tuoksu sai veden herahtamaan kielelle ja herkulliset maut solahtelivat makunystyröihin.

– Kyllä on hyvää, Elvis huokaili tyytyväisenä imiessään spagettia huuliensa välistä. Puheensorinaa kuului sieltä täältä. Viereiseen pöytään istuutui kissaperhe. Kissanpennut istuivat somasti äitinsä ja isänsä välissä. Enemmittä maukumisitta he söivät kiltisti ruokansa ja antoivat ruokarauhan vanhemmilleen sekä muille ravintolavieraille. Pääruuaksi tarjoilija toi heille vielä kulhollisen raikasta salaattia ja meheväksi paistetun pihvin. Päivällinen päätettiin nauttimalla tuoreita hedelmiä: viinirypäleitä, persikoita ja luumuja. Tämän parin tunnin mittaisen herkkuhetken aikana Alberto ja Elvis olivat ehtineet keskustella paljon martti-asiaa.

Tovin kuluttua Elvis asteli kohden majataloa. Vatsa keinahteli puolelta toiselle askelten tahtiin.

– Kylläpä sitä tuli syötyä jos jonkinmoista herkkua. Tänä iltana ei unta tarvitse houkutella.

Elvis nuoleskeli suupieliään ja haukotteli. Hän vilkaisi kissankelloaan, joka näytti melkein yhtätoista.

Aamiainen

Aamulla auringon ensisäteet tervehtivät Elvistä, kun hän avasi huoneensa vihreitä ikkunaluukkuja. Kissankello näytti seitsemää. Aamu alkoi tavanomaisella aamujumpalla.

– Pylly pystyyn... rinta kaarelle... taivutus sivulle... ja toiselle... ja häntä vielä pystyyn! Elvis puuskutti.

Alakerrassa hääräsi jo majatalon emäntä Eurosia. Hän hyräili jotain italialaista kappaletta. Elvis asteli aamiaishuoneeseen ja toivotti hyvät huomenet. Kahvin ja tuoreiden leivonnaisten tuoksu tunkeutui sieraimiin. Eurosia toi pöytään höyryävän kupin paikallista aamiaiskahvia cappuccinoa ja jonkin leivonnaisen kyytipojaksi.

– Mikähän leipä se tämä mahtaa olla?

Elvis haukkasi palasen leivonnaisesta ja makea aprikoosihillo turskahti leivonnaisen keskeltä hänen suuhunsa.

– Makeaa on, makeaa... ei paha, Elvis mutisi suu täynnä leivonnaista ja hörppäsi cappucinoaan.

Samassa Alberto asteli aamiaishuoneeseen ja istui Elviksen pöytään. Hän viittilöi Elvikselle viiksistä, jotka cappuccinon maitovaahto oli jättänyt hänen ylähuulensa päälle.

– Hyvää kahvia tämä cappuccinonne, kunhan vain opin juomaan sitä siivosti, Elvis sanoin hieman nolona.

– Eikö olekin. Et ole ensimmäinen kissa, jolla on myös cappuccinoviikset. Tiesitkö, että cappuccino tarkoittaa huppua? Kahvin päälle kaadetaan kuuma vaahdotettu maito ikään kuin hupuksi. Siitä tuon kahvin nimi tulee.

– Ahaa, mielenkiintoista. Mikä tämä leivonnainen mahtaa olla? Meillä kotipuolessa syödään aamulla jotain suolaisempaa.

– Se on aprikoositäytteinen cornetto. Ranskalaiset kutsuvat sitä croissantiksi. Me italialaiset nautimme aamulla mieluummin makeaa. Syömme illalla päivällisen myöhään, joten aamulla ei vielä ole nälkä, paitsi ehkä makeannälkä.

– Olen valmis. Joko lähdemme tutustumaan paikallisen Martti-yhdistyksen tiloihin? Elvis kyseli ja pyyhkäisi cornetton muruset rinnuksil-taan. – Ja laitetaan puikot heilumaan!

Niin he lähtivät kohden Materan Marttilaa, jossa innokkaat italialaiset martit odottivat jo pohjoisen vierasta.

Elvis aamiaisella.

Päivä

– Ding-dong! DING-DONG! Ding-dong! kajahtelivat kirkonkellot ympäri kaupunkia.

– Mitä ihmettä nyt tapahtuu, kun kellot soivat arkipäivänä? Elvis kysyi.

– Ei mitään ihmeellistä. Ainahan meillä puolenpäivän aikaan soitetaan kirkonkelloja, Alberto totesi.

– Meillä kelloja soitetaan vain sunnuntaisin. Mutta hienoltahan tuo soitto kuulostaa, kun vielä kaikuvat tuolla laaksossa. Tulee ihan juhlallinen olo. Kyllä meillä Suomessa taitavat kirkonkellot olla ihan vajaakäytöllä.

Paikallisen Martti-yhdistyksen tiloihin oli tullut martteja ympäri Italiaa ottamaan vastaan Suomen vierasta ja opettelemaan villasukan kudonnan ihmeellistä taitoa. Elvis alkoi kutoa sukkaa. Tätä ihmettä seurasi kiinnostuneena parikymmentä silmäparia. Tovin kuluttua rohkeimmat kokeilivat itsekin kudontaa. Näin alkoi vähitellen syntyä sukkaa, jos toistakin.

Milloinkahan täällä saisi taas ruokaa, Elvis mietiskeli. Hän koetti peitellä mahansa kurnintaa kilisyttelemällä puikkoja tavallista enemmän. Tästä tietysti italialaiset martit ottivat mallia ja alkoivat myös kilisyttää puikkoja vimmatusti. Vihdoin kello kahden aikaan Alberto ilmoitti lounasajan alkavan. Hän kertoi Elvikselle, että Italiassa pidetään iltapäivällä parin kolmen tunnin mittainen tauko, jota kutsutaan siestaksi. Tuo tauko on paikallaan päivän kuumimpaan aikaan. Ensin syödään kunnon lounas ja sitten otetaan pienet nokoset. Viiden aikaan taas palataan töihin vielä muutamaksi tunniksi.

– Kovin on erilainen päivärytmi teillä kuin meillä. Milloin ehditte olla perheittenne kanssa?

– Istumme illalla ruokailemassa koko perheen kanssa useamman tunnin. Juttelemme päivän kuulumisia. Nukkumaan menemme puolenyön aikaan. Aamulla aloitamme työt siinä yhdeksän tai kymmenen aikaan, Alberto kertoi. – Mutta nyt lähdemme lounaalle!

Siesta

Lounaan jälkeen Elvis tassutteli majataloon nokosille. Luolahuone tuntui mukavan viileältä helteisenä päivänä, kiitos tästä Eurosian. Hän oli käynyt siivoamassa huoneen ja sulkenut vihreät luukut, jotka pitivät auringonpaisteen huoneesta pois. Muuten huone olisi ollut aikamoinen sauna. Elvis köllähti pedilleen ja uni alkoi luppasta silmäluomissa.

– Apua, apua! Päästäkää minut pois täältä!

Elvis oli kuulevinaan unen läpi huutoa. Herättyään hän mietti hetkisen erikoista untaan.

– Olipa se kumma uni, kun en muista kuin huudon. Nyt on kyllä kahvi paikallaan. Hän oikoi päiväpeitteen ja lähti kohden keskustaa.

Elvis halusi lähettää pari postikorttia. Pian hän löysikin pienen liikkeen, jossa niitä myytiin. Kortit oli nätisti lajiteltu korttitelineisiin. Niissä oli toinen toistaan kauniimpia maisemakuvia Materan kaupungista.

– Tuon romanttisen iltakuvakortin lähetän Pella-rouvalleni, tämä kortti lähtee Oulun Martti-yhdistykselle, nuo pari maisemakuvaa naapuriin Paula ja Rita Harjulle... ja pistetään vielä kortit Toivo ja Pate Niemelle, mutisi Elvis valkatessaan postikortteja.

Hän maksoi kortit ja tassutteli kortit tassussa piazzalla olevan kahvilan pöytään. Tarjoilijakissan ilme oli hieman yllättynyt, kun Elvis tilasi cappuccinon. Taisi yllättyä, kun osasin tilata kahvin, vaikka en olekaan italialaiskissa, hän myhäili tyytyväisenä.

Elvis alkoi kirjoitella kortteja ja nautiskeli välillä siemauksen cappuccinoaan. Jokaisen siemauksen jälkeen hän pyyhkäisi servetillään ylähuulensa. Juuri kun Elvis oli saanut kirjoitettua korttinsa, saapui Alberto paikalle.

– Tilasit iltapäivälläkin cappuccinon. Juomme sitä vain aamupäivisin ja iltapäivällä maidotonta kahvia, espressoa, Alberto valisti.

– Niinkö? Onko teillä useammanlaisia kahveja? Ja miksi eri aikaan päivästä pitää juoda erilaista kahvia?

– Espresso herättää päivänokosten jälkeen... mutta herättäähän se cappuccinokin aamulla... tosiaan voisihan sitä juoda cappuccinoa iltapäivälläkin. Tarjoilija, saisinko cappuccinon!

Elvis vietti lopun iltapäivästä ja alkuillasta muiden marttien kanssa kierrellen kaupungilla. He vierailivat taidenäyttelyissä ja museoissa sekä tietysti muutamassa kirkossa, joita kaupungissa oli yli sata.

Väkimäärä alkoi lisääntyä kaduilla illan hämärtyessä ja ilman viiletessä helteestä miellyttävän lämpimäksi. Piazzoilta kuului iloista puheensorinaa, kun väki kokoontui niiden penkeille vaihtamaan kuulumisia. Elvis, Alberto ja muut martit kävivät nauttimassa jälleen aperitiivin ja sen jälkeen siirryttiin päivälliselle. Siinä vierähti aika mukavasti ja Elviksen eteen kannettiin jos jonkinmoisia paikallisia herkkuja. Jälleen kerran hän tassutteli maha täynnä majataloon ja asettautui yöpuulle.

Huuto

Juuri kun Elvis oli nukahtamaisillaan, hän kuuli huutoa.

– Apua, auttakaa joku! Päästäkää minut ulos!

Elvis hyppäsi sängystään ja oikaisi korvansa kuunteluasentoon. Taas kuului tuo sama huuto. Se tuntui tulevan hyvin läheltä. Hän pukeutui nopeasti ja avasi ikkunan, jotta kuulisi äänen paremmin. Ei, ääntä ei nyt kuulunut.

Elvis sulki ikkunan ja kuuli taas huudon. Se tuntui kuuluvan majatalon sisältä. Hän avasi huoneensa oven ja astui käytävään. Nyt huuto kuului selvemmin aivan käytävän päästä. Elvis ihmetteli, miten sieltä voi kuulua ääntä, koska hänen huoneensahan oli käytävän perällä viimeisenä. Hän laittoi valot käytävään. Peremmällä käytävän päässä näytti olevan ovi ja sen vieressä pieni ikkuna, joka oli raollaan.

– Apua, auttakaa! kuului ikkunanraosta.

– Kuka siellä on ja mikä hätänä?

– Olen kissaneiti Sissi ja olen jäänyt tänne lukkojen taa enkä pääse pois, kertoi hätääntynyt ääni ikkunanraosta.

Elvis hypähti ikkunalaudalle ja kurkkasi sisään. Siellä oli hyvin surkean näköinen kissaneiti, joka Elviksestä näytti kuitenkin jotenkin tutulta.

– Älä vain hyppää siitä ikkunasta tänne! Älä tee samaa virhettä kuin minä. Hyppäsin siitä avoimesta ikkunasta tänne varastohuoneeseen vilvoittelemaan. Tämän huoneen lattia onkin louhittu paljon alemmaksi kuin muut huoneet enkä jaksa hypätä täältä lattialta sinne ikkunalaudalle. Sinun pitää avata ovi.

Elvis hyppäsi takaisin käytävän lattialle ja meni varastohuoneen ovelle. Hän kokeili ovenripaa, joka oli erittäin jäykkä. Elvis tempoi ovea ja hyppäsi kaikin voimin ovenkahvaa kääntäen.

– Hyvä! Hyvä! Koeta uudestaan!

Vähitellen kahva alkoi kääntyä alaspäin. Elvis keräsi kaikki voimansa ja punnersi kahvaa alas. Ovi aukesi! Varastohuoneen portaita pitkin kipitti surkeannäköinen kissa nopeasti käytävälle.

– Kiitos, kiitos! Olet sankari!

Elvis huomasi kissan olevan kovin järkyttynyt kokemuksestaan. Hän pyysi tämän huoneeseensa ja tarjosi hänelle kulhollisen vettä ja pari luumua. Luumut ja vesi katosivat nopeasti nälkäiseen suuhun.

– Mutta mehän olemmekin tavanneet aiemmin, Elvis sanoi, kun näki kissan nyt paremmassa valaistuksessa. – Sinä ojensit minulle eilen auttavan tassusi, kun olin kaatua liukkailla katukivillä. Sinulla oli sellainen isolierinen hattu päässä.

Elvis huomasi silmät, jotka olivat erikoisen siniset. Ne katsoivat Elvistä epäilevästi. Yhtäkkiä kissan viiksikarvat nousivat hymyyn.

– Aivan, niin näimmekin eilen. Nyt tunnistan sinut. Minä olen Sissi.

– Minä olen Elvis. Minua jäi niin harmittamaan, etten ehtinyt kiittää sinua eilen. Mutta onneksi siihen nyt tuli mahdollisuus.

– Mitä turhia. Sinähän pelastit toisen henkeni. Olisin voinut virua tuolla varastossa ties kuinka kauan eikä kukaan olisi kuullut avunhuutojani. Minun tässä pitää kiittää sinua sydämeni pohjasta. Lupaatko, että et kerro minusta kenellekään. Tämä kaikki on niin noloa, Sissi sanoi kainosti.

– En tietenkään kerro, jos niin haluat. Oli ilo tehdä vastapalvelus auttajalleni.

– Minua väsyttää kovin. Kiitos vielä kerran avusta, vedestä ja luumuista. Lähden kotiin lepäämään, Sissi sanoi ja huiskautti tassullaan hyvästit.

Elvis auttaa Sissin ulos varastosta.

Lähtöpäivä

Seuraavana aamuna Elvis asteli matkalaukkuansa kantaen alakertaan. Eurosia oli kattanut hänelle aamiaispöydän, jolla oli kirje. Kirjekuoreen oli kirjoitettu kauniilla käsialalla Elviksen nimi. Elvis katsoi kirjettä hämmästyneenä ja otti sen käteensä.

– Joku oli jättänyt sen oven ulkopuolelle. Löysin sen aamulla, kun avasin oven. Elvis avasi kirjeen ja siinä luki: "Kiitos! Terveisin Sissi." Kuoresta tipahti vielä pieni kilpikonnan muotoinen avaimenperä.

– Ooh!

Eurosian ilme oli hyvin hämmästynyt, kun hän näki avaimenperän.

– Tuo avaimenperä lupaa tuoda sinulle hyvää onnea... tuota väriä näkee harvoin, hän totesi mietteliäänä.

Elvis käänteli avaimenperää ihmetellen. Se oli pieni kivestä veistetty kilpikonna, jonka reunat oli värjätty sinisellä, sellaisella Fazerin sinisellä.

– Todella kaunis kapine. Mistä se Sissi tiesi valita juuri minun horoskooppimerkkini, kilpikonnan, avaimenperään? Minäpä laitan tähän heti kotiavaimeni.

Elvis hyvästeli Eurosian. Hän lähti matkalaukkuinensa kohti asemarakennusta, josta onnikka lentoasemalle lähtisi. Aurinko porotti suoraan korvatupsujen yläpuolelta. Elvis veti pientä punaista laukkuansa kivisiä kujanteita pitkin ja ohitti kahvilan, jossa oli edellisenä päivänä käynyt. Väki nautti sen pöydissä cappuccinojaan cornettojen kera.

Matkalla hän pysähtyi jäätelöbaarin eteen. Hän katseli houkuttelevaa jäätelötiskiä, jossa oli ainakin kahtakymmentä sorttia jäätelöä tarjolla. Elvis vilkaisi kissankelloaan ja totesi, että aikaa onnikan lähtöön olisi vielä reippaasti. Elvis asteli sisälle. Hänen edellä oleva kissanpoikanen tilasi erikoisen näköisen jäätelöannoksen. Siinä jäätelö oli laitettu halkaistun sämpylän väliin. Sitä kissanpoikanen alkoi nauttia ahnaasti.

Elvistä alkoi kaduttaa, että oli tullut jäätelöbaariin. Hänhän ei jäätelöä ala sämpylän välissä syömään. Rajansa kaikella. Sitten hän huomasi helpotuksekseen tiskillä vinon pinon vohvelitötteröitä ja tilasi sellaiseen suklaajäätelön. Antaumuksella Elvis nuoli tötteröään, joka oli täyteläisen suklaanmakuista. Harmi vain, että sitä piti syödä kilpaa helteen kanssa. Syötyään Elvis jatkoi matkaansa kohden asemarakennusta suupieliä nuoleskellen.

Asemarakennuksen vieressä oli penkkejä suurten puiden varjossa. Elvis istahti yhdelle niistä ja pyyhkäisi hikeä otsaltaan. Hän katseli maisemaa, joka hänen täytyisi harmikseen pian jättää. Aikaa onnikan lähtöön oli vain kymmenisen minuuttia.

Yhtäkkiä Elviksen katse osui seinään, jossa oli ilmoituksia. Yhdessä ilmoituksessa oli jotain tuttua. Elvis hyppäsi penkiltä ja tassutteli ripeästi ilmoituksen luo. Siinä oli teksti: "Kadonnut! Jos näet tätä kissaneitoa, ota yhteyttä poliisiin!" Kuvassa oli Sissi. Hänellä oli kuvassa hieno asu ja kaulassa koru. Elvis kaivoi taskustaan avainnippunsa, jossa oli Sissiltä saatu kilpikonna-avaimenperä. Elvis katsoi avaimenperää ja Sissin kuvaa.

– Tuo kaulakoruhan on aivan samanlainen kuin avaimenperäni, Elvis mutisi itsekseen.

Hänen viereensä tuli kissaherra, joka katsoi vuorotellen Elviksen avaimenperää ja kuvaa. Samassa lentoasemalle menevä onnikka kaartoi paikalle. Elvis lähti ripeästi kohti onnikkaa. Kissaherra huusi jotain hänen peräänsä, mutta tuulenpuuska nappasi sanat ennen kuin ne ehtivät Elviksen korvakarvoihin.

Elvis istui jälleen ilmastoidussa onnikassa ja mietti näkemäänsä. Oliko kadonneeksi ilmoitettu kissaneito vain Sissin näköinen? Oliko Sissi kadoksissa? Miten kuvassa olevalla kissaneidolla sattui olemaan juuri samanlainen kilpikonnakoru kuin Sissin Elvikselle antama avaimenperä?

Elviksen Sissiltä saama avaimenperä.

Lentoasemalla

Onnikka kaarsi lentoaseman pysäkille. Poliisiauto oli parkkeerattu jalka-
käytävälle ja pari virkapukuista harakkaa seisoi poliisiauton vieressä. Elvis
keräsi matkatavarat mietteliäänä mukaansa ja asteli ulos onnikasta. Poliisit
lähtivät astelemaan häntä kohti. Heidän mukanaan oli kissaherra, joka oli
Materan asemarakennuksen edessä huudellut jotain Elviksen perään.

– Päivää, arvon herra. Voisitteko tulla mukaamme? poliisi kysyi Elviksel-
tä. Hämmästyksissään Elvis soperteli, että hänen pitäisi ehtiä lennolleen,
mutta asteli silti kuuliaisesti poliisien perässä lentoaseman sivuhuonee-
seen.

– Tämä kissaherra kertoi nähneensä teillä Materassa jotain arvokasta, jo-
ka voisi liittyä erääseen kadonneeseen kissaneitoon. Voisitteko tyhjentää
taskunne? poliisi pyysi kohteliaasti.

Elvis kaivoi taskujaan, joissa oli vain muutama kolikko ja avainnippu,
jonka nähdessä poliisien silmät suurenivat ja siivet viittilöivät sitä.

– Mistä te olette saanut tämän avaimenperän?

– Sain sen lahjaksi eräältä kissaneidolta, jonka autoin pulasta... ei kai Sissi
ole se kadoksissa oleva kissaneito?

Poliisit ja materalainen kissaherra pyörittelivät päitään ja katsoivat Elvis-
tä epäillen.

– Sissi on Italian viimeisimpiä siniverisiä ja hän on ollut kadoksissa jo
useamman viikon. Hänen vanhempansa ovat erittäin huolissaan tyttäres-
tään, joka on vielä kovin nuori ja kokematon selviämään yksin maailmalla.
Missä tapasitte hänet? Ymmärrättekö, että tämä avaimenperä on äärettö-
män arvokas ja on kulkenut heidän suvussaan vuosisatoja. Emme oikein
usko, että hän olisi antanut näin arvokkaan esineen teille! Näitä kilpikon-
na-avaimenperiä näkee usein, mutta tätä sinistä väriä saavat käyttää vain
siniveriset. Suvun kaikilla perillisillä on juuri tuon sävyiset silmät. Kilpi-
konnan sinisen värin resepti on salainen ja sen tietää vain suvun vanhin,
poliisi selitti siipiään huiskien.

61

– No, voi hyvät hyssyrät! Ja minä kun ajattelin, että Sissi oli arvannut vain horoskooppimerkkini ja antoi siksi tämän avaimenperän minulle. Tapasin hänet majatalossani...

Ja niin Elvis kertoi koko tarinan tapaamisestaan Sissin kanssa. Poliisit kuuntelivat nokka auki Elviksen tarinaa.

– Tarinanne kuulostaa uskottavalta. Sissi on nähty pari kertaa vilaukselta Materan kaduilla, mutta hän ei ole puhunut kenenkään kanssa. Olette ensimmäinen, jonka kanssa hän on keskustellut ja osoittanut suurta luottamusta, koska on halunnut kiittää teitä näin suurieleisesti sukukalleudella. Olisiko mitenkään mahdollista, että lykkäisitte lähtöänne ja palaisitte Materaan auttamaan meitä Sissin löytämiseksi? Korvaamme tietysti kaikki kulunne, poliisi kyseli nöyrästi Elvikseltä.

Elvis mietti hetkisen. Hänen pitäisi huomenna olla vetämässä Oulun marttien leipomisiltaa, mutta Toivo ja Pate Niemi pystyisivät sen hoitamaan ilman häntäkin.

– Ilman muuta olen käytettävissänne näin tärkeään tehtävään.

Elvis oli oikeastaan mielissään, että pääsisi sittenkin jatkamaan Materan vierailuaan.

Paluu Materaan

Poliisiauto kaarsi majatalon eteen. Elvis otti matkatavaransa ja asteli sisälle. Eurosia toivotti hänet taas sydämellisesti tervetulleeksi. Matkan aikana oli sovittu, että Elvis asuisi samassa majatalossa kuin aiemminkin ja liikkuisi mahdollisimman paljon ulkona. Näin hän ehkä onnistuisi tapaamaan Sissin uudestaan. Elvis purki matkatavaransa. Tällä kertaa hän muisti sulkea myös ikkunaluukut päivän kuumimmaksi ajaksi. Sen jälkeen hän lähti lounaalle läheiseen ravintolaan.

Lounaan jälkeen Elvis tassutteli takaisin majataloon ruokalevolle. Hän asettautui mukavasti sängylle, kietaisi hännän mutkalle ja sulki silmänsä.

– Niisk, niisk, nyyhkytystä kuului jostakin.

Elvis terästäytyi ja kuunteli tarkkaavaisesti. Kyllä, hän kuuli epätoivoista niiskutusta jostakin läheltä. Elvis käänteli korviaan ja huomasi, että tuo ääni kuului käytävästä. Hän hyppäsi sängyltä ja lähti kohden ovea.

Hän avasi huoneensa oven varovaisesti ja kurkkasi käytävään. Niiskutusääni voimistui. Se tuntui tulevan käytävän perältä. Elvis hiippaili varovasti käytävään ja lähti sipsuttelemaan käytävän perälle. Kuka siellä nyt olisi pulassa? Ei kai joku ole taas hypännyt varastoon eikä pääse pois sieltä? Ei, varaston ovi oli raollaan. Elvis kurkkasi ovenraosta, mutta varastossa ei ollut ketään eikä sieltä kuulunut mitään ääntä.

Hän seisoi käytävässä ja kuunteli tarkkaavaisesti. Niiskutus tuntui kuuluvan hyvin läheltä. Elvis siristi silmiään ja huomasi ihan käytävän perällä mytyn. Hän lähestyi sitä varovaisesti. Mytty liikahti.

– Kröhm, onko siellä joku? Elvis kysyi varovasti.

Mytty jähmettyi ja niiskutus lakkasi.

– Onko kaikki hyvin? Voinko auttaa jotenkin?

Mytty liikahti jälleen. Elvis asteli lähemmäs myttyä ja huomasi, että siinähän oli huopa, jonka alta pilkisti tassu. Hän nosti varovasti huopaa. Sen alta katsoivat häneen suuret ja vetiset siniset silmät. Sissin silmät.

– Sissi. Miksi sinä olet täällä ja miksi itket? Elvis kysyi lempeästi.

Sissi niiskutteli ja pyyhki silmiään.

– Tule, mennään huoneeseeni. Minulla on siellä hedelmiä ja juotavaa.

Tovin kuluttua Elvis ja surkeannäköinen Sissi istuivat Elviksen huoneessa. Elvis tarjosi jo toista lasillista vettä janoiselle Sissille. Hänelle maistuivat myös makeat persikat ja viikunat.

– Kiitos Sissi siitä kauniista kilpikonna-avaimenperästä, jonka olit jättänyt minulle kirjekuoressa. Se ilahdutti kovin, ja tiedätkö, että kilpikonna on horoskooppimerkkini.

Sissin surullisiin silmiin alkoi vähitellen ilmestyä iloa.

– E-en tiennyt, että olet kilpikonna horoskooppimerkiltäsi. Sehän oli mukava sattuma. Olit minulle niin ystävällinen silloin viime kerralla, että halusin kiittää sinua sillä pienellä vaatimattomalla lahjalla.

– Minusta se ei ollut ollenkaan vaatimaton vaan hyvin arvokkaan näköinen ja väri oli oikein kaunis, kuulemma harvinainenkin.

Sissi säpsähti kuullessaan Elviksen kommentin. Hän alkoi tehdä lähtöä kumman kiireesti.

– Sissi, mitä sinä pakenet? Elvis kysyi, kun Sissi oli tarraamassa ovenkahvasta kiinni. – Sinun ei tarvitse pelätä minua. Haluan auttaa sinua. Tiedän, että olet jonkinlaisessa pulassa.

Samalla Elvis otti tassuihinsa pöydällä olevan sukankutimen ja alkoi kutoa sukkaa rauhoitellakseen itseään. Tilanne oli Elvikselle jännittävä. Mitä jos Sissi syöksyy ovesta ulos? Mitä jos hän ei näe enää koskaan Sissiä? Oliko hän sittenkin ollut liian suorapuheinen?

Junasukat

Sissi irrotti tassunsa ovenkahvasta ja kääntyi. Elviksen sukkapuikot kilisivät hiljaisessa huoneessa.

– Mitä sinä teet?

– Minä kudon villasukkaa.

– Kudot villasukkaa. Miten se tehdään? Onko se vaikeaa?

– Sukan kutominen on aika helppoa. On siinä joitakin vaikeitakin kohtia - ihan niin kuin on jokaisella elämässäkin.

– Sinun sukastasi tulee kauniin värikäs. Oma elämäsikin on varmaan yhtä värikäs kuin tuo villalanka.

– Jaa-a, taidat olla ihan oikeassa. Elämäni on värikästä ja siinä on lämpöä kuin villasukassa, mutta tätä sukkaa en suinkaan kudo itselleni. Minun sukkani kutoo rouvani Suomessa.

– Kenelle sinä kudot sitä sukkaa?

– Itse asiassa en tiedä. Lahjoitan sen Italian Martti-kerholle, joka jakaa sukkia kodittomille kissoille. Toivon, että ne lämmittävät ja tuovat väriä sekä iloa jonkun italialaisen kissan elämään.

Sissi sipsutti oven suusta Elviksen viereen ja katsoi sinisillä silmillään hänen kutomistaan.

– Minäkin haluaisin oppia kutomaan tuollaisia sukkia, Sissi huokaisi.

– Minä voin opettaa sinulle sukan kutomisen, mutta voisitko sinä Sissi kertoa mitä sinä pakenet? Elvis kysyi ja asetti kutimen Sissin tassujen väliin.

Elvis alkoi neuvoa miten tehdään oikea silmukka. Sissi oppi silmukan te-on nopeasti ja pian puikot kilisivätkin Sissin tassujen välissä.

– Minä en halua mennä kotiin, Sissi sanoi.

– Onko kotona jokin asia huonosti?

– Kotona on kaikki hyvin, mutta isä ja äiti vaativat, että minun pitää mennä kouluun.

– Mutta pitäähän sinun koulua käydä ja oppia uusia asioita. En usko, että se on sinulle vaikeaa, kun opit oikean silmukankin noin nopeasti.

– Kyllähän minä koulussa opin ja osaan, mutta..., Sissin ääni hiljeni ja al-koi muuttua itkuiseksi.

– No niin, nyt sitten näytän, miten tehdään nurja silmukka sukkaan.

Elvis otti kutimen Sissin tassuista ja näytti malliksi nurjan silmukan. Hän asetti kutimen uudelleen Sissin tassujen väliin. Hetken kuluttua tämä kutoi jo nurjaa silmukkaa sujuvasti.

Elvis opettaa Sissille sukan kudontaa.

– Niin, siitä koulusta... kun ne nauraa minulle, Sissi sanoi hiljaisella äänellä.

– Kuka siellä nauraa ja miksi?

– Muut luokan tyttökissat ja jotkut poikakissatkin. Kai ne nauraa kun olen erilainen... eikä ne koskaan ota mukaan leikkeihinkään ja joskus ne vetävät minua hännästä.

– Miksi ne pitävät sinua erilaisena?

Sissi huokaisi syvään ja pyöräytti lankakerää hännällään.

– No, kun osaan tehtävät ja minulla on heidän mielestään liian hienot vaatteet. Äiti on sanonut, että meidän suvussa tytöt ovat aina käyttäneet hienoja sinisiä hameita koulussa. Kyllä minä niistä hameista tykkään, mut-ta muilla tytöillä on usein tavalliset mustat hameet tai housut. Siksi kai olen erilainen, kun olemme niitä siniverisiä. En häpeä sitä, mutta jos saisin olla ihan tavallinen kissa. Silloin minua ei varmaan kiusattaisi, Sissi sanoi surullisena.

– Nyt sinun pitää kutoa taas oikeaa silmukkaa, Elvis neuvoi.

– Miksi tässä kudotaan välillä oikeaa ja välillä nurjaa silmukkaa?

– Tämä sukkamalli on nimeltään junasukka. Siinä vaihtelevat oikean ja nurjan silmukan kerrokset. Näin sukka pysyy paremmin tassuissa, Elvis kertoi. – Tiedätkö, Sissi, että vanhempasi ovat sinusta erittäin huolissaan ja kaipaavat sinua kotiin?

Sissin silmäkulmasta vierähti kyynel kutimelle.

– On minullakin ikävä kotia, isää ja äitiä, Sissi sopersi itkuisella äänellä.

– Voisinko soittaa äidillesi ja kertoa, että olet löytynyt ja turvassa?

Sissi nyökkäsi niiskutuksen lomasta.

Elvis soitti poliisille, joka otti pikaisesti yhteyttä Sissin vanhempiin. He lähtivät oitis hakemaan häntä kotiin. Elvis ja Sissi ehtivät kutoa yhden sukkaparin valmiiksi Sissin vanhempia odotellessa.

– Kun sinua paleltaa tai tuntuu ikävältä, vedä nämä tassuihisi. Kun tassut ovat lämpimät, on myös sydän ja mieli lämmin, Elvis sanoi ja ojensi heidän yhdessä kutomansa sukkaparin Sissille.

Elvis ja Sissi kutovat junasukkaa.

Juhla

Koko Sissin suku oli helpottunut, kun karkulainen saatiin kotiin. Vanhemmat arvostivat Elviksen yhteistyötä ja halusivat, että tästä jää pysyvä merkki kaupunkiin. Sissi oli tuntenut Elviksen läsnäolossa turvaa. Tuon turvan vanhemmat halusivat antaa omalla tavallaan Sissille koulupäiviksi.

Elvikselle järjestettiin kiitosjuhla Sissin löytämisen kunniaksi. Se pidettiin muutaman päivän kuluttua eräällä piazzalla Kahvila Gahven edessä. Tilaisuus alkoi kissakuoron musiikkiesityksellä. Elvis istui eturivissä. Lavalle alkoi sipsutella pikkukissoja, tyttöjä ja poikia.

– Mitä ihmettä!

Elviksen piti ihan hieraista silmiään. Kyllä, kaikilla pikkukissoilla oli jalassaan kudotut junasukat. Pikkukissat asettuivat riviin ja pitivät toisiaan tassuista kiinni. Kissat kiepsauttivat hännät viereisen kissan kanssa yhteen sydämeksi. Näky oli soma, ja mikä parasta, keskimmäisenä rivissä seisoi Sissi jalassaan Fazerin siniset villasukat. Hän näytti iloiselta. Pian lapset aloittivat laulamisen. Elvis katsoi ja kuunteli esitystä haltioituneena. Lopuksi kissakuoro sai valtavat aplodit.

Sissi tuli esityksen jälkeen Elviksen luo. Jälleennäkeminen ilahdutti molempia. Sissi tuntui muuttuneen muutamassa päivässä. Hän oli iloinen. Näytti, että Sissi olisi kasvanutkin muutamia senttejä, kun itsevarmuuden myötä ylväs ryhti oli palannut.

– Lauloitte oikein kauniisti. Ovatko kuorolaiset luokkatovereitasi?

– Kyllä ovat, Sissi vastasi ja alkoi innoissaan kertoa Elvikselle tapahtumia kotiinpaluunsa jälkeen.

Sissi oli mennyt seuraavana päivänä kouluun ja laittanut äitinsä kielloista huolimatta Elvikseltä saamansa villasukat jalkaan. Hän oli ajatellut, että kun käyttää villasukkia, kukaan ei kuule hänen askeliaan ja kiusaajat eivät ehkä huomaisi häntä niin helposti. Eivät he kuulleetkaan, mutta kiinnostuivat villasukista. Pahin kiusaaja tuli nykimään sukkia Sissin tassuista. Sissi koetti ensin taistella vastaan, mutta päättikin sitten ottaa sukat tassuista ja ojensi ne kiusaajalle. Kiusaaja otti sukat innoissaan ja vetäisi ne tassuihinsa. Hetken kuluttua kiusaajan silmäkulmista katosi virnistys ja tilalle nousi lempeä katse. Kiusaaja alkoi kehrätä.

– Oi, ovatpa nämä ihanan lämpimät ja pehmeät. Tassujani ei palella yhtään. Kiusaaja töpsötteli pitkin koulun käytävää haltioituneena villasukat jalassa. Sukkien lämpö sulatti kiusaajan kovan sydämen ja toi sinne lämmön, kuten Elvis oli luvannut.

– Mistä sinä olet saanut tällaiset? kiusaaja kyseli.

– Sain ne ystävältäni, joka opetti minulle niiden valmistuksen – kutomisen, Sissi vastasi arasti.

– Oi, jokaisen pitää saada tällaiset. Voitko opettaa meidät tekemään tällaisia? En millään haluaisi luopua näistä, mutta nämä ovat sinun. En voi ottaa niitä itselleni.

– Ne sukat ovat minulle hyvin tärkeät ja niillä on tunnearvoa, mutta voin kutoa sinulle omat sukat, jos haluat.

– Voisitko? Se olisi ystävällistä, mutta haluaisin oppia itsekin kutomaan tällaiset, kiusaaja soversi haltioissaan.

– Voin opettaa sinulle, miten kudotaan – ja teille kaikille muillekin. Ottakaa huomenna mukaan villalankaa ja sukkapuikot. Kokoonnutaan koulun jälkeen.

Kiusaaja riisui sukat ja ojensi ne Sissille. Onnesta huokaillen hän lähti tassuttelemaan kohden luokkaa. Sissi ja muut jäivät katsomaan näkyä ihmeissään. Tämän jälkeen kukaan ei koko päivänä – eikä muinakaan päivinä – kiusannut Sissiä.

Seuraavana päivänä kaikilla oli mukana pieni lankakerä, josta törrötti sukkapuikkoja. Koulupäivän loppumista odotettiin innokkaasti. Opettaja oli luvannut, että oppilaat saisivat jäädä koulun jälkeen omaan luokkaansa kutomaan sukkia. Vihdoin koulupäivä päättyi ja kaikki pikkukissat jäivät viiksikarvat innostuksesta täristen odottamaan kudonnan opetusta. Opettajakaan ei malttanut lähteä heti kotiin vaan jäi muka järjestelemään työpöytäänsä seuraavaa päivää varten.

Lankakeriä oli vaikka minkä värisiä. Niiden värikirjo yhdistyi luokassa vallitsevan iloiseen ja odottavaan tunnelmaan. Sissi alkoi neuvoa, miten sukkaa kudotaan. Välillä hän kävi tassuista pitäen neuvomassa vaikeimmissa kohdissa luokkakavereitaan. Oikeaa ja nurjaa silmukkaa väännettiin sinisenä, punaisena, keltaisena ja ties minkä värisenä. Pian alkoikin valmistua sukka toisensa jälkeen. Ilta hämärtyi jo, kun tyytyväisenä kehräävä pikkukissajoukko tassutteli koulusta kotia kohden itse tehty sukkapari kainalossa.

Opettajat luulivat seuraavana aamuna, että suurin osa oppilaista on pois, koska käytävältä ei kuulunut juuri muuta kuin pientä puheensorinaa ja kehräystä. Ei mitään tömistelyjä eikä kannan kopsutuksia. Opettaja avasi oven ja sieltä pelmahti luokka täyteen iloisia pikkukissoja, joilla jokaisella oli eriväriset villasukat jalassa.

– Onpa teillä kauniita sukkia! Ovatko nuo sukat todella noin hiljaiset? Miten ihanan hiljaista luokassa ja käytävällä voi ollakaan. Voiko tällaista rauhaa ollakaan koulussa? opettaja ihmetteli.

Muutaman viikon kuluttua Sissin koulun kaikilla oppilailla ja opettajilla oli villasukat jalassa. Ne lämmittivät tassuja mukavasti kylmillä kivilattioilla. Koulusta oli tullut paljon hiljaisempi – käytäviltä kuului enää sipsuttelua puheensorinan lomassa.

Välitunneilla monet kissat kutoivat uusia sukkia. Niitä haluttiin tehdä vanhemmille ja sukulaisille. Neuvoja kudonnan vaikeimpiin kohtiin käytiin kysymässä Sissiltä. Hänet löysi usein leikkimästä koulun pihalta lempipaikastaan Elvis-patsaan juurelta muiden kissakavereiden kanssa. Mallia patsaaseen oli otettu Elviksen kotikaupungissa olevasta Toripolliisi-patsaasta.

Kotona Oulussa

Kuukautta myöhemmin Elvis käveli keskustasta kohti Oulun toria. Ensimmäinen pakkasyö oli laskenut mustan jään kaupungin kaduille. Yhtäkkiä Elviksen tassu luiskahti jäisellä mukulakivellä ja hän meinasi kaatua. Samassa Elviksen mieleen muistuivat Materan kadut ja tapahtumat. Hän saapui torille kauppahallin eteen. Siinä hän vilkaisi ihailemaansa Toripolliisi-patsasta, jonka jykevään ja turvalliseen vartaloon oli painautunut pieni espanjalaiskissanpoika äitinsä kanssa, kun isä otti heistä valokuvaa.

Sissi Elvis-patsaan juurella koulun pihalla.